Linde von Keyserlingk
Susanne Nowakowski

Geschichten aus Anderland

Band 1

Herausgegeben
von Wolfgang Homering

vgs

CIP-Kurztitelaufnahme der Deutschen Bibliothek

Geschichten aus Anderland / Wolfgang Homering
(Hrsg.). - Köln : Verlagsgesellschaft
Schulfernsehen
NE: Homering, Wolfgang [Hrsg.]
Bd. 1. Linde von Keyserlingk ; Susanne
Nowakowski. - 1984.
ISBN 3-8025-5030-7
NE: Keyserlingk, Linde von [Mitverf.]

© Verlagsgesellschaft Schulfernsehen − vgs −, Köln 1984
Reproduktionen: Scharf Lithographie, Köln
Satz: Fotosatz Scanner Kottenforst GmbH, Meckenheim
Druck: Universitätsdruckerei H. Stürtz AG, Würzburg
Printed in Germany
ISBN 3-8025-5030-7

Inhalt

Sebastian und sein Kett-Car

»Ich geh' zu Tommi — Fußball spielen!« Haben es seine Eltern gehört? Ist ja egal. Sebastian jedenfalls schwingt sich auf sein Kett-Car und braust los.

Sein Kett-Car! Wie lange hat er darauf warten müssen, wie viele Leute haben gespart, um es ihm endlich zu schenken. Vor Tommis Wohnung schließt er es sorgfältig ab und läutet.

Tommi, schon in Turnschuhen, will gleich los, aber seine Mutter hält ihn zurück: »Erst die Schularbeiten!«

»Schon lange fertig«, beteuert Tommi, aber er muß sein Heft vorzeigen. — Sebastian und das Fußballspiel müssen warten.

»Hol schon mal den Ball — da, in der Kiste ist er!« Damit verschwindet Tommi in der Küche.

Der Ball ist schnell gefunden — die Schularbeiten aber — soviel bekommt Sebastian mit — sind wohl nicht sehr ordentlich erledigt.

Sebastian kramt in Tommis Spielzeugkiste. Viele Sachen kennt er. Aber da ist so ein rohrähnliches Ding aus Holz, das Sebastian noch nie gesehen hat.

»Was mag das wohl sein?« Er betrachtet es neugierig. Es ist handgeschnitzt, etwa so lang wie Mutters Küchenpapierrolle, hat an einem Ende einen Metallreif, am anderen ist nur eine kleine Öffnung mit einer Glaslinse.
Sebastian schaut durch.
Beinahe wäre ihm das Ding aus der Hand gefallen, so sehr erstaunt ist er.
Neulich hatte Sebastian durch eine Lupe gesehen. Da war alles verändert, verzerrt, vergrößert. Aber das hier! Das ist keine Lupe!

Vorsichtig schaut Sebastian noch einmal durch das Rohr. Zuerst auf das Regal mit den Spielsachen. Sie sind nicht mehr zu erkennen. Sie haben sich in winzige Teile aufgelöst, und Sebastian sieht ein Bild wie eine bunte Blume aus Kristall. Diese Farben! Was unauffällig, langweilig aussah — durch das Ding betrachtet ist es bunt, fröhlich, spannend.

Und bei der geringsten Bewegung — so still kann Sebastian überhaupt nicht halten — verändern sich ständig die Farben und Formen.
Sebastian geht zum Fenster. Wie mag die Welt draußen aussehen?
»Los, Basti! Heute zeigen wir's den Elefanten. Ich spiel' Mittelstürmer, du gehst ins Tor!« ruft jetzt Tommi.

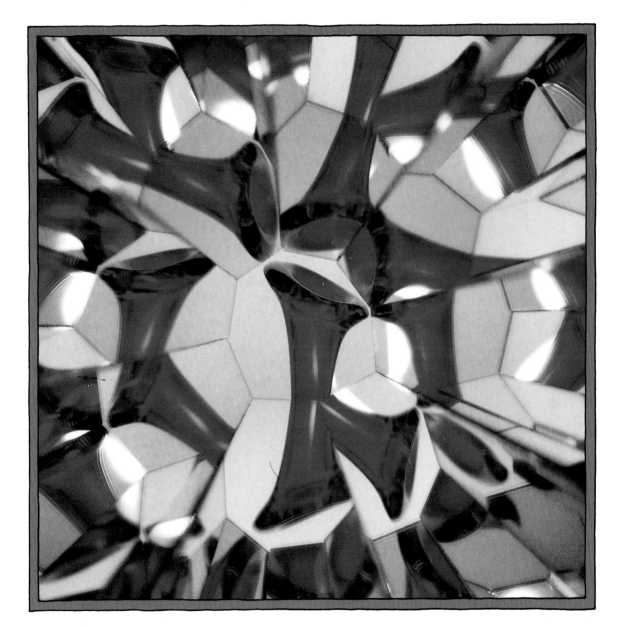

»Ich mag nicht mehr Fußball spielen!« Sebastian fühlt sich gestört.

»Leihst du mir das Ding?« fragt er dann zögernd.

»Was für'n Ding?« Tommi ist verwirrt. Sebastian hält ihm seinen Fund vor die Nase.

»Das ist kein Ding, das ist ein Kalei — dos — kop!«

»Leihst du es mir? Ich hab's in der Kiste gefunden.«

»Das ist von meinem Opa. Der hat das selber gebastelt. Es ist sehr wertvoll, hat mein Papi gesagt.«

»Ich bin auch ganz vorsichtig damit!«

»Wenn du jetzt endlich Fußball spielen kommst!«

Vorsichtig nimmt Sebastian das Kaleidoskop und folgt seinem Freund. Aber zum Fußballplatz muß Tommi allein gehen. Sebastian verabschiedet sich unterwegs von seinem Freund und läuft so schnell er kann nach Hause. Mit dem Kaleidoskop in der Hand tritt er ins Haus.

»Ganz schön«, sagt seine Mutter, als Sebastian es ihr zeigt. Ganz schön, mehr nicht?

In seinem Zimmer hat Sebastian Ruhe. Vorsichtig schaut er durchs Kaleidoskop. Und wieder ist er begeistert von den Bildern. Sein Lampion mit Mondgesicht — das Plakat an der Tür — noch nie hat Sebastian so schöne Farben und Formen gesehen. Eins steht fest — Sebastian will das Ding behalten, koste es, was es wolle.

Der Handel mit Tommi erweist sich als sehr schwierig. Seine Glaskugeln — sein neuer Malkasten — sein tolles Taschenmesser — an nichts hat Tommi Interesse. Was will er? Was soll Sebastian ihm noch alles anbieten?

Beim Abendessen versucht Sebastian herauszufinden, was wohl Erwachsene für so einen Schatz hergeben würden.

»Sag mal, Papi: Was würdest du lieber verschenken? Deine Langlaufski oder deine Mineraliensammlung?«

»Eigentlich möchte ich beides behalten. Aber warum fragst du sowas?«

»Und wenn es unbedingt sein müßte?« »Ich weiß nicht, worauf du hinaus willst. Die Skier habe ich erst im letzten Winter bekommen, und die Mineralien — ja — die sammle ich seit vielen Jahren...« »Und was würdest du tauschen? Was ist dir mehr wert?«

»Das kann man doch nicht miteinander vergleichen!« Langsam wird Vater unruhig. Aber Sebastian läßt nicht locker.

»Was ist wertvoller: dein Auto oder deine Mineraliensammlung?«

»Eigentlich das Auto, aber — wenn ich mich entscheiden müßte — ich würde wahrscheinlich lieber auf das Auto als auf die Steine verzichten.«

Das wollte Sebastian hören. Jetzt hat er es eilig. Er muß unbedingt noch mit Tommi telefonieren. Seine Eltern schauen ihm ratlos nach.

»Hier ist Sebastian. — Tommi? — Du, ich brauche dein Kaleidoskop unbedingt. — Was willst du dafür?«

Wieder bietet Sebastian alle seine Schätze an, und wieder ist Tommi nicht zufrieden.

»Dann sag mir eben, was du willst!« — »Dein Kett-Car!«
Sebastian ist wie erschlagen.

»Mein Kett-Car? Weißt du, das ist unmöglich. Das habe ich erst zum Geburtstag bekommen. Das haben mir ganz viele Leute zusammen geschenkt...«

»Dein Kett-Car — oder nichts!« sagt Tommi und legt auf.

Später, im Spielwarengeschäft, weiß man zwar, was ein Kaleidoskop ist, aber so ein schönes, wie Sebastian es zeigt, hat man noch nie gesehen. Das hilft Sebastian nicht weiter. Er geht raus.

Vor dem Laden vergißt Sebastian für einen Moment das Kaleidoskop. Ein kleiner Mann verhält sich seltsam: Er dreht und wendet sich, benutzt das Schaufenster als Spiegel.

»Schau nur! Ist das nicht schön? Hast du schon einmal eine so schöne Jacke gesehen?«

Eigentlich interessiert die Jacke des kleinen Mannes Sebastian nicht sehr, aber der erzählt und erzählt von seiner Jacke.

Sebastian erfährt, daß der kleine Mann diese Jacke vor langer Zeit zum ersten Mal gesehen hat, daß er sie unbedingt haben wollte, daß ihm das Geld fehlte und er lange dafür sparen mußte, und endlich — heute — konnte er sie kaufen. Da fällt Sebastian das

Kaleidoskop wieder ein. »Eigentlich ist es bei mir genau dasselbe«, denkt er.

Im Schaufenster steht ein Kett-Car. Was hatte der kleine Mann gesagt? »Diese Jacke ist einmalig auf der Welt!«

Und sein Kaleidoskop? Sebastian steht vor dem Spielzeugladen und kommt ins Träumen. Er stellt sich vor, wie er mit seinem Kett-Car einen Berg erklimmt. Es ist mühsam, der Wind pfeift. Auf dem Gipfel angekommen, könnte er wieder runterfahren. Aber wozu? Um später noch einmal auf den Berg zu klettern? Ein kleiner, unbedachter Augenblick — sein Kett-Car kommt ins Rollen, rast den Abhang hinunter und zerschellt. Sebastian hat es fast mit Erleichterung gesehen. — Noch immer steht er vor dem Schaufenster. »Ein Kett-Car! — Das kann man sich überall kaufen! — Aber dieses Kaleidoskop?«

Tommi sitzt im Garten und putzt sein Fahrrad, als Sebastian durch das Gartentor kommt. Wortlos reicht er Tommi eine Kette mit Schloß. »Was soll ich damit?« Tommi weiß nicht, was Sebastian eigentlich will. — »Da!« Sebastian deutet auf sein Kett-Car draußen vor dem Gartentor. »Es gehört dir!« Jetzt ist Tommi sprachlos. Will Sebastian es wirklich gegen das Kaleidoskop tauschen? — »Und deine Eltern?« Aber Sebastian hat sich abgewendet und ist gegangen. Das hätte Tommi nie gedacht.

Zuhause in seinem Zimmer nimmt Sebastian das Kaleidoskop — sein Kaleidoskop! — und schaut durch. So schön waren die Bilder noch nie! Farben und Formen fließen ineinander, begegnen sich in der Mitte, streben auseinander – ein ständiges Lichterspiel. »Oh, Tommi! Du ahnst nicht, welchen Schatz du gegen das Kett-Car eingetauscht hast!« denkt sich Sebastian – aber da ruft seine Mutter zum Abendessen. Kann er auch seine Eltern von dem Tausch überzeugen? Schon fragt seine Mutter nach dem Kett-Car. »Ich habe es verliehen.«

»An wen?«

»An Tommi!«

»Und wann bekommst du es wieder?«

»Ich habe es für immer verliehen!«

Die Eltern sehen sich erstaunt an. Sebastian rennt in sein Zimmer und holt das – sein – Kaleidoskop. Er gibt es seinem Vater, zeigt ihm, wie er es benutzen muß, redet begeistert auf ihn ein, erfindet alle möglichen Ausreden gegenüber möglichen Fragen von den Verwandten, die ihm das Kett-Car geschenkt haben, redet und redet. Aber sein Vater hört ihm nicht zu.

»Sei doch mal still!« sagt er – und schaut begeistert durch das Kaleidoskop. Beide vergessen das Abendessen – der Tee wird kalt.

»Nun ist's aber genug.« Sebastian nimmt das Kaleidoskop, um es in sein Zimmer zurückzubringen. Er wirft noch schnell einen Blick hindurch auf die Straße. Unten kurvt Tommi mit dem Kett-Car herum. Durch das Kaleidoskop gesehen, ist das ein spannender Anblick.

Tina und der berühmte Vater

»Was ist, Mami? — Ist was passiert?« Tina ist eben nach Hause gekommen, fröhlich und zufrieden. Ihre Mutter aber sitzt in der Küche, nimmt Tina auf den Schoß und macht ein ernstes Gesicht.

»Ja, es ist etwas passiert!«

»Was denn?« fragt Tina.

»Dein Vater hat ein Telegramm geschickt, daß er nicht kommen kann. — Ein Sängerfreund ist krank geworden und dein Papi muß für ihn einspringen, muß für ihn singen.«

»Aber er wollte doch für mich singen! Er hat es versprochen! Er muß kommen! Er muß!« Tina kann es nicht begreifen. Noch bevor ihre Mutter antworten kann, ist Tina vom Schoß geklettert und in ihr Zimmer gelaufen.

»Es steht schon im Programm: ›Tina und Vater, Klavier und Gesang‹.« Wie steht sie jetzt da! Glauben ihr die Klassenkameraden überhaupt noch, daß sie einen Vater hat? — Immer kann sie nur von ihm erzählen, kann nur zeigen, was er ihr alles mitgebracht hat, aus den fernen Ländern, kann die vielen Postkarten vorweisen, die sie von ihm bekommt. Aber wer hat ihren Vater je gesehen, den weltberühmten Sänger, auf den sie so stolz ist? »Nein, nein, nein!« schreit Tina. »Das kann er doch nicht machen!«

Tinas Vater hat einfach zu wenig Zeit für sie. Wenn andere Kinder erzählen: »Gestern habe ich mit meinem Vater gespielt, aber nur eine Stunde lang.« — dann wird Tina ganz nachdenklich. Eine Stunde lang, das ist doch schon etwas.

Sicher, wenn ihr Vater irgendwann mal kommt, dann nimmt er sich Zeit für sie. ». . . dann spielen wir einen ganzen Tag Monopoly — nicht nur eine Stunde«, behauptet Tina. Aber wie oft kommt das schon vor — und stimmt das wirklich? Hat Tina denn überhaupt einen Vater?

»Ich habe deinen Vater schon gehört, auf einer Schallplatte«, sagte neulich ein Junge zu ihr. Und da war Tina stolz darauf, einen so berühmten Vater zu haben.

Eigentlich könnte Tina zufrieden sein. Sie hat alles, es fehlt an nichts, ihre Mutter ist rührend um sie besorgt, erzählt ihr immer, wo Vater gerade singt. Aber gerade ihn, ihn hat sie nie zuhause. Er ist immer, immer unterwegs. In Tokio, in New York, in einer Welt, die Tina nicht kennt.

Aber jetzt, da war es ganz fest ausgemacht: Am 17. ist er zuhause und wird mit ihr beim Schulfest auftreten.

»Und was wollen wir singen, Schatz?« hat er sie bei seinem letzten Aufenthalt gefragt. »Was für Kinder? Oder was für Erwachsene?«

»Was für Kinder«, hat Tina geantwortet. Von den vielen Melodien, die er ihr vorgesummt hat, haben sie sich schließlich auf ›Die Forelle‹ von Schubert geeinigt, weil sie so lustig klingt.

Vater ist wieder abgereist und Tina übte nun täglich. Es sollte ja schließlich ein großer Erfolg werden.

»Es wird ein Höhepunkt unserer Abschlußfeier!« sagte die Lehrerin, als sie von Tinas Angebot hörte.

Und nun? »Ein Freund ist krank geworden. Und dein Papi muß für ihn einspringen und muß für ihn singen!« sagt Mama.

Noch vorhin hat Tina mit ihrer Freundin gesprochen, hat ihr gesagt, daß sie auch mal Sängerin werden will, hat von ihrem Vater geschwärmt, wie lieb er sei, und daß er immer da sei, wenn sie ihn brauche. Jetzt sitzt Tina auf ihrem Bett und ist wie gelähmt.

»Darf ich reinkommen?« — Ja richtig, der Klavierlehrer. Sie wollten üben, wollten ›Die Forelle‹ von Schubert proben, wollten dafür sorgen, daß sie den berühmten Gustavo Habermann, ihren Vater, fehlerlos begleiten kann. Immer wieder hat sie sich abgequält, hat die wirklich sehr schweren Passagen geübt und heute sollte so etwas wie eine Generalprobe sein.

»Deine Mutter hat mir alles erzählt. Ganz fürchterlich! Wenn ich du wäre, ich wäre so wütend ... Hast du denn keine Wut?«

»Doch!« Tina fühlt sich ein wenig erleichtert. Auch ihr Klavierlehrer, ein kleiner Mann, nicht größer als sie, kann verstehen, daß sie wütend ist.

»Verräter! Ja, mein Vater hat mich verraten!« denkt Tina wütend. Der Klavierlehrer hat sie in ihrem Zimmer allein gelassen. Der Klavierunterricht fällt erst einmal aus.

An einer Pinnwand in ihrem Zimmer sind alle Postkarten befestigt, die sie von ihrem Vater bekommen hat. Es sind viele, sehr viele.

Tina hebt die Hand, zögert noch einen kurzen Moment, reißt dann die erste Karte herunter, dann die nächste, die übernächste... Sie tut das immer schneller, jetzt mit beiden Händen, und dann fliegen nur noch die Fetzen.

Die Pinnwand ist leer, die Karten auf dem Boden verstreut.

Jetzt kann sie ihre Phantasie nicht mehr zügeln. So, wie sie die Karten zerstört hat, muß sie alles, was von ihrem Vater stammt, kaputt machen.

Die vielen Geschenke — immer groß — immer wertvoll — immer irgendwo für sie gekauft. Was hat sie davon? Alles türmt sich in Gedanken vor ihr auf. — Ein Fußtritt, und der gewaltige Berg stürzt in sich zusammen. Darunter, ängstlich und bittend, ihr Vater. Winselnd kriecht er hervor. »Verzeih mir, Tina! Bitte, verzeih! Ich war gemein, so gemein zu dir! Kranker Freund! Und dafür verrate ich dich, meine Tochter, meine Tina!«

Aber Tina ist zu wütend, sie bleibt hart, unbarmherzig.

»Los, wähle!« Sie reicht ihrem Vater das Telefon. Der ruft sein Konzertbüro an. »Hier spricht Gustavo Habermann. Hören Sie gut zu: Ab heute ist Schluß mit der Singerei, endgültig Schluß. Alle Reisen streichen, keine Gastspiele mehr! — Keine, und zwar ab sofort! Ich singe nicht mehr! Ich bin nur noch für Tina da, meine Tochter!«

Ihr Vater überbrüllt förmlich die Gegenstimme am Telefon. Stolz und erleichtert legt er auf.

»Nun, Tina, verzeihst du mir jetzt?«

Aber Tina ist unerbittlich. Sie glaubt ihm nicht mehr.

»Du hast schon mal dein Wort gebrochen.« — Sie verlangt jetzt auch noch seine Stimme.

»Nein, Tina. Das bitte nicht! Bitte, bitte, das nicht.«

»Es muß sein.« Mitleidslos läßt Tina ihren Vater zurück, ohne Stimme, inmitten der vielen Geschenke. Ein schlimmer Traum.

Tinas Blick fällt jetzt auf die Postkarten am Boden. Sie denkt an ihren Vater, aber der ist weit weg, irgendwo in einem fernen Land. Alles, was sie von ihm hat, sind seine Postkarten. Sie liegen zerstreut auf dem Boden.

Tina hebt sie auf, bündelt sie und legt sie in die hinterste Ecke der Schublade.

Die Pinnwand ist leer. Nur die letzte Karte steckt noch daran.

Sie geht in die Küche, wo der Klavierlehrer sich mit ihrer Mutter unterhält.»Können wir nicht doch Klavier spielen?« bittet Tina. Die Mutter schaut fragend den Klavierlehrer an, der sich lächelnd erhoben hat.

Und dann ist es soweit. Das große Schulfest hat begonnen. Eben haben zwei Komiker ihre Nummer beendet, und die Kinder hatten viel Spaß.

Jetzt wird Tina angesagt:

»Der nächste Programmpunkt: ›Die Forelle — Gesang und Klavierbegleitung Gustavo und Tina Habermann — Schülerin der Klasse 1b‹. Leider ist Tinas Vater verhindert . . .«

Leises Murren im Saal.

»...weil er für einen Kollegen einspringen mußte. Er läßt sich herzlich entschuldigen. Aber wir werden durchaus nicht auf den Vortrag der ›Forelle‹ verzichten müssen, denn Tina wird uns das Lied auch allein vorspielen.«

Gespannte Erwartung im Publikum. Applaus, als Tina das Podium betritt.

Aufrecht, ein wenig zu entschlossen, geht Tina zum Klavier. Eine kurze Verbeugung, dann setzt sie sich auf den Drehstuhl. Aber bevor sie mit ihrer Darbietung beginnt, holt sie aus der Seitentasche ihres Rockes die Karte ihres Vaters, die sie als einzige an der Pinnwand gelassen hatte.

Es war seine letzte Karte, aus Tokio.

»Allerliebste Tina . . .«, stand darin. »Sehr Ausgefallenes habe ich heute essen müssen: rohen Fisch! Eine Delikatesse hierzulande. Und zum Essen sitzen hier alle Menschen nicht etwa auf Stühlen, nein, sie sitzen auf dem Fußboden. Stell Dir das vor! Das wäre wohl was für Dich! Für mich weniger. Hoffentlich habe ich mir da keine kräftige Erkältung zugezogen! Ich hoffe Dich bald zu umarmen. Innige Grüße aus dem Reich im fernen Osten. Dein Vater.«

Sie legt die Karte verstohlen aufs Klavier und beginnt zu spielen.

»Schade, daß du nicht da bist, Vater«, denkt Tina.

Hannah in der Fremde

»Gibt uns Licht und macht uns Essen,
hält uns warm, nicht zu vergessen.
Abends braucht man's mehr als tags,
weißt du, was das ist, dann sag's!«
Schweigen.
In den Köpfen der Mädchen und Buben arbeitet es fieberhaft.
Heiner, der junge Betreuer im Landschulheim, wiederholt das
Rätsel.
Noch immer Schweigen.
Dann, ganz zaghaft, meldet sich Hannah. »Eine Mama!« sagt sie.
»Pff — eine Mama«, höhnt ihre Nachbarin, und auch Heiner kann
sich ein Schmunzeln nicht verkneifen.
»Eigentlich habe ich mehr an den elektrischen Strom gedacht«,
bekennt er.
Dann aber wird er nachdenklich.
»Eine Mama? Warum eigentlich nicht?« Er wiederholt noch ein-
mal das Rätsel. »Ja, es stimmt, es könnte auch eine Mama sein.«
Und Hannah bekommt den Apfel, der als Preis ausgesetzt ist.
Hannah ist glücklich und stolz. Zum ersten Mal, seit sie im Land-
schulheim ist, lächelt sie.

Hannah ist nämlich nicht gerne bei den vielen Kindern, die immer so laut sind und herumtoben. Viel lieber wäre sie bei ihren Eltern geblieben und bei ihren vielen Puppen.

Nur den Seehund konnte sie mitnehmen. Die Teddys, Affen und all die anderen Stofftiere und Puppen mußte sie zurücklassen. Als vor einigen Wochen die Lehrerin die Erstkläßler gefragt hatte, wer mit ins Landschulheim will, hatte sich Hannah eifrig gemeldet. Ihre Eltern waren einverstanden und hatten sich für die Zeit mit Bekannten verabredet.

»Aber das ist doch schon so lange her!« versuchte Hannah später, ihre Entscheidung rückgängig zu machen.

»Aber du selbst wolltest doch unbedingt ins Landschulheim, weil deine Freundinnen doch auch alle fahren...«

»Ich mag aber nicht mehr!«

»Aber es sind ja nur ein paar Tage, und wir müssen eine lange Autofahrt zu unseren Freunden machen«, erklärten ihr die Eltern.

»Ich will bei euch bleiben!«

Aber es nützte nichts. Die Eltern ließen sich nicht überreden, und Mutter ging ins Kinderzimmer, um nachzusehen, was Hannah alles mitnehmen wollte.

Da lagen auf dem Bett alle Schlaftiere und Puppen, die Hannah besaß, alle in einer langen Reihe.

»Die willst du alle mitnehmen?« Die Mutter war entsetzt. »Und wer soll die tragen?«

Ein wenig sah Hannah ein, daß in ihrem Rucksack und auf ihrem Arm wohl doch nicht genug Platz für ihre Lieblinge war. Außer ihnen mußte sie ja auch noch Kleidung und Schuhe mitnehmen. Dann der Abschied.

Hannah wollte sich nicht von ihrer Mutter trennen.

»Noch ein Küßchen! — Ein letztes. — Nur noch zwei, ein dickes und ein dünnes!« Die Kinder im Bus wurden ungeduldig, und auch der Fahrer drängte zur Abfahrt.

»Auf Wiedersehen, Hannah. Und viel Spaß!« Hannah hörte es nicht mehr, denn der Bus fuhr ab, und sie mußte sich noch schnell einen Fensterplatz erkämpfen, damit sie ihren Eltern so lange wie möglich nachwinken konnte.

Endlich kamen sie an. Ein schönes Haus, freundlich und einladend, mit großer Wiese und Platz zum Spielen.

Hannah stieg nur zögernd aus. Die lange Begrüßungsrede der Leiterin interessierte sie nicht. Aber da war Heiner — zu dem alle, auch Hannah, sofort Zuneigung empfanden.

»Ich bin der Heiner«, sagte er einfach und forderte alle Kinder auf, ihm ins Haus zu folgen.

Gleich am Eingang war er stehengeblieben und hatte auf einen Verkaufsstand gezeigt. »Hier gibt's alles, was ihr braucht: Kaugummi — Lakritze — Abziehbilder — Gummibärchen — vielleicht eine Postkarte für Vater und Mutter. Das alles gibt's bei Max...«

Lärmend folgten die Kinder Heiner. Nur Hannah blieb stehen.

Auch dieser kleine Mann, der Max, könnte ihr gefallen. Zu ihm könnte sie Vertrauen haben, dachte sie.

Am nächsten Tag, als alle anderen im Garten tobten, ging Hannah zu ihm an den Verkaufsstand.

»Was möchtest du?« fragte der kleine Mann freundlich.

»Was zum Angucken. Mit Bildern drin.«

Er kramte in einer Kiste und holte ein großes Buch heraus.

»Das kostet nichts, ich leih' es dir. Wenn du alles angesehen hast, bringst du's mir wieder zurück.«

Und dann ist der Nachmittag mit dem Ratespiel gekommen.

»Eine Mama, warum eigentlich nicht?« — Heiner hatte sie gelobt, und Hannah war glücklich.

So schlimm ist das Landschulheim eigentlich nicht, vor allem, wenn es einen Heiner und einen Max gibt.

Trotzdem möchte Hannah lieber in dem Buch lesen, als mit den anderen Völkerball zu spielen. Sie will sich aber auch nicht ausschließen. Sie weiß einfach nicht, was sie tun soll.

Heiner würde das vielleicht verstehen.

Am Abend wird ein Film vorgeführt. Hannah hat es so eingerichtet, daß sie ganz in Heiners Nähe sitzt. Sie schaut ihn an, und er bemerkt ihren Blick und lächelt ihr zu. Oder bildet sie sich das nur ein?

»Heiner!« denkt Hannah. »Mit Heiner macht alles Spaß.«

Hannah liegt noch wach, während die anderen schon schlafen.

Vorsichtig schlüpft sie aus ihrem Bett, läuft aus dem Schlafsaal, den Seehund fest im Arm.

Im Zimmer von Max brennt noch Licht. Sie bleibt an seiner Türe stehen. Max schreibt einen Brief, hört aber, daß jemand kommt, und schaut Hannah freundlich an.

»Ich muß Pipi«, erklärt sie rasch.

»Geradeaus und dann rechts!«

Das weiß Hannah, aber sie möchte mit jemanden reden, weil sie sich ganz allein fühlt. Max erzählt von seinem besten Freund, dem er gerade einen Brief schreibt. Hannah hört gespannt zu.

»Dein Pipi ist wohl nicht mehr so wichtig?« sagt Max.

»Doch«, antwortet Hannah ernst und geht weiter zur Toilette. Jetzt ist sie alleine.

Sie stellt sich vor, daß Heiner sie auf seinen Schultern einen Berg hinauf auf eine bunte Wiese trägt und daß sie die Berge anschauen.

Heiner schreibt für sie eine Karte an ihre Eltern:

»Liebe Mami, lieber Papi. Es ist sehr schön hier, und ich habe einen Freund. Er heißt Heiner. Heute ist der große Ausflug, auf den habe ich mich sehr gefreut. Das Essen ist gut hier. Es gibt immer Spaghetti — aber sie sind nicht so gut wie Deine. Max hat mir ein Buch geliehen. Küßchen, Deine Hannah.«

Ruhig geht Hannah in den Schlafsaal zurück. Max hat seine Zimmertüre geschlossen.

Große Aufregung am nächsten Morgen. Der Ausflug soll Höhepunkt des Aufenthaltes im Landschulheim sein. Alle freuen sich darauf und können nur ungeduldig die langen Erklärungen der Lehrerin ertragen.

Auch Hannah hört nicht richtig zu.

»...Ich bin nämlich ausgerechnet heute mit euch alleine. Der Heiner, der ist krank geworden und kann nicht mitkommen. Und deshalb muß ich euch bitten...«

Den Rest hört Hannah nicht mehr.

»Heiner kommt nicht mit!« Das ist alles, was sie begreift.

»Kein Heiner«, sagt auch ihre Nachbarin.

Plötzlich hat Hannah Bauchschmerzen. Die Lehrerin bedauert das sehr. Aber leider muß Hannah im Landschulheim bleiben. Leider?

Oben im Schlafsaal liegt Hannah und schlürft brav den Kamillentee, den ihr Max gebracht hat.

Max würde sich gerne mit ihr unterhalten, aber er muß noch zu Heiner.

»Ja also, dann bring' ich jetzt Heiner den Tee. Er wartet sicher schon darauf.«

»Heiner!« denkt Hannah. »Max weiß, wo er ist.« So vorsichtig wie möglich, folgt sie dem kleinen Mann. — Er geht um Kurven — geht um Ecken. Zum Glück bleibt er immer wieder stehen. Die knarrenden Treppen hinter sich hört er nicht. Oder doch?

Dann verschwindet Max hinter einer Türe, und — gerade noch rechtzeitig — kann sich Hannah verstecken. Jetzt weiß sie, wo Heiner ist.

»Danke, Max«, denkt sie. »Du weißt, was ich suche.«

Als Max wieder gegangen ist, will sich Hannah in Heiners Krankenzimmer schleichen. Aber er entdeckt sie, kaum daß sie die Nase zur Tür hineingesteckt hat.

»Hannah! Warum bist du nicht auf dem Ausflug?« fragt Heiner.

»Will nicht.«

»Komm her. Es ist nicht ansteckend. Meine Mandeln müssen wohl endlich raus. Was hast du der Lehrerin gesagt?«

»Daß ich Bauchweh hab'.«

»War das nicht gelogen?«

»Hatte ich aber wirklich! Nicht viel, aber ein bißchen.«

»Und jetzt?«

»Wieder vorbei.«

Hannah und Heiner spielen, reden, essen zusammen.

Am Abend platzen die anderen Kinder herein. Auch sie hatten einen tollen Tag, haben viele Abenteuer erlebt, überschlagen sich vor Begeisterung.

Hannah und Heiner hören ihnen lächelnd zu.

Der Tag der Abreise kommt. Hannah ist die letzte im Bus. Max hat sie aufgehalten und ihr ein Abschiedsgeschenk von Heiner überreicht.

Wieder drängt sie sich zum Fenster, diesmal, um Heiner nachzu-
winken, der auf dem Balkon steht.

Während der Fahrt betrachtet Hannah das Geschenk: ›Die
Geschichte von Hannah und Heiner‹. Ein von Heiner gemaltes
Bilderbuch über ihren gemeinsamen Tag.

Selbstverständlich stehen die Eltern an der Haltestelle und holen
ihre Tochter ab.

Hannah freut sich, wieder zu Hause zu sein. Sie schenkt ihrer
Mutter den gewonnenen Apfel und erzählt von ihren Erlebnis-
sen. Von Heiner erzählt sie nichts.

Ein guter Freund ist eine starke Stütze.
Wer einen solchen gefunden hat,
hat ein Vermögen gefunden ...

Jesus Sirach,
Kapitel 6

Ich trau' mich nicht nach Hause

Nach dem Essen sitzt Uli wie auf heißen Kohlen. Dann endlich bringt er es heraus: Er sagt seinem Vater, daß er unbedingt ins Kino will.

»Das geht nicht. Wir waren doch erst am Sonntag im Zirkus«, meint der Vater erstaunt.

»Aber alle anderen haben den Film schon gesehen!« Uli bleibt stur. Er will — er muß sich »Robinson Crusoe« ansehen.

»Alle anderen?« fragt der Vater. »Wer sind denn die anderen?«

»Na, die aus der Klasse.«

Schon wieder nimmt Vater die Zeitung in die Hand, und in wenigen Minuten geht der Bus. Uli sitzt wie auf Kohlen.

»Ich zahl' auch selbst — von meinem Geld.«

»Von dem, das die Oma dir geschenkt hat?«

»Ja!«

»Aber du wolltest doch für ein Fahrrad sparen, wie dein Bruder.«

»Nein, ich will kein Rad. Ich will ins Kino.«

Endlich hat Uli seinen Vater überzeugt. Er hat ja Recht. Mit seinem eigenen Geld kann er doch machen, was er will, denkt der

Vater. Endlich geht Vater zur Sparbüchse und holt zehn Mark heraus.

»Und die anderen zehn Mark?« fragt Uli.

»Was willst du denn mit so viel Geld? Das Kino kostet doch nicht so viel. Willst du's etwa für Eis und Bonbons ausgeben?«

»Nein, ich will es nur bei mir haben«, sagt Uli. »Ihr nehmt doch auch Geld mit, wenn ihr in die Stadt geht.«

Kopfschüttelnd gibt Vater ihm die anderen zehn Mark.

»Aber verlier's bloß nicht!« ermahnt ihn Mutter noch.

Nun wird's aber Zeit. Uli rennt aus dem Bauernhof, die Landstraße entlang, vorbei am Kornfeld und erreicht endlich die Bushaltestelle. Der Bus kommt.

Uli genießt die Fahrt. Es ist ja immerhin das erste Mal, daß er allein ins Kino fährt.

Da hinten, die einsamen Häuser, dann das Moorgebiet, der Fußballplatz und endlich das Dorf. Uli kennt sich aus.

Kino ist nun mal seine große Leidenschaft — und diesmal ohne Eltern!

Da bei der Kirche, da ist das Kino. Große Plakate, vor allem das von Robinson Crusoe, haben es ihm angetan. Aber nicht nur ihm. Eine lange Schlange steht vor der Kasse. Uli muß sich wohl oder übel mit einreihen.

Das ist langweilig. Uli schaut sich um. Keine Klassenkameraden, niemand, den er kennt. — Aber da hinten, da leuchten und blinken die Spielautomaten. Und wie das klingt, wenn die Kugel rollt, wenn Flugzeuge abgeschossen werden!

»Warum geht's nicht weiter?« fragen die Leute. Und ohne es zu merken, wird Uli aus der wartenden Schlange gedrängt.

Er steht allein da, spürt die Spannung, die von den Spielern ausgeht, ist wie berauscht von den Lichtern und Tönen.

Jetzt, da ist ein Automat frei. Uli kann sich nicht beherrschen, will es auch nicht. Er tritt heran, zieht den Hebel — aber nichts geschieht. Keine Kugel rollt, kein Licht leuchtet auf, kein Ton ist zu hören.

Und schon wird Uli unsanft in die Seite geboxt.

»Mann, hau ab! Das ist nichts für Babys!« sagt ein großer Junge und macht sich an dem Apparat, vor dem Uli gestanden hat, zu schaffen.

Notgedrungen weicht Uli zurück, bleibt aber in der Nähe stehen. Er muß unbedingt das Geheimnis der Apparate erforschen.

Vorne rechts wirft der Junge Geld in einen Schlitz, dann zieht er den Hebel, den Uli auch schon probiert hat — aber jetzt kommt eine Kugel herausgeschossen, berührt einzelne Felder und dann rattert, leuchtet, blinkt der Apparat.

Uli ist begeistert.

Daß niemand mehr an der Kasse steht, daß die Kinotüren geschlossen sind, daß der Film schon längst begonnen hat — das alles bemerkt Uli nicht mehr.

Was ist denn ein Film gegen diese neue, unbekannte Welt, die ihm bisher immer verboten wurde? Keine Eltern, die ihn ermahnen, kein Bruder, der dafür sowieso kein Verständnis hätte!

»Ich will auch mal!« sagt er zu dem großen Jungen, dem er die ganze Zeit zugeschaut hat.

»Mensch, bist du lästig! Dazu braucht man Geld! Mit Hosenknöpfen geht's leider nicht!«

»Ich hab' ja Geld!« Uli greift in seine Hosentasche und holt das Wechselgeld von der Busfahrt hervor.

»Zeig mal!« — Und schon ist der große Junge viel freundlicher.

»Gib mal 'ne Mark her, dann zeig ich dir, wie's geht.«

Der Junge hat das Markstück genommen, hat es in den Schlitz geworfen und wieder blinkt, leuchtet, rattert der Flipper. Der Junge spielt wie besessen. Er hat Uli ganz vergessen, und dann ist die Mark verspielt.

»Ich will auch mal«, sagt Uli und muß wieder eine Mark herausrücken.

Jetzt darf Uli auch mal spielen. Aber kaum ist die Kugel hervorgeschnellt, ist sie auch wieder verschwunden.

»So doch nicht! Du mußt schneller reagieren. Da! Ich zeig's dir nochmal.«

Und wieder ist Uli vom Apparat verdrängt. Aber das läßt er sich nicht länger bieten. Es ist schließlich sein Geld. Und dann kann er die Kugel tatsächlich eine Zeit im Spiel halten.

Endlich wird er ernst genommen, endlich spielt man mit ihm. Freunde des großen Jungen kommen dazu und meinen, daß Uli für den Anfang ganz gut sei.

»Das macht Spaß«, denkt sich Uli — und ein Markstück nach dem anderen wandert in den Flipper.

»Hast nix mehr?« fragt ihn der große Junge.

Uli zögert kurz. Er hat ja noch die anderen zehn Mark.

Stolz, daß er so wichtig ist, holt Uli sein restliches Geld hervor.

»Das ist ja toll!« Bevor Uli merkt, was passiert, hat der große Junge den Schein genommen.

»Den müssen wir wechseln lassen. Dort, an der Kasse.«

Immerhin gelingt es Uli noch, daß nicht der Junge, sondern er das Wechselgeld bekommt. Dann wird er wieder zu den Automaten gelockt.

Diesmal will der große Junge ihm zeigen, wie man Flugzeuge abschießt. Wieder kommt Uli kaum zum Spielen — aber seine Markstücke wandern unaufhaltsam in das Gerät.

Und dann hat auch Uli nur noch zwei Groschen. Alles Geld ist verspielt.

»Hast nix mehr? — Pech.«

»Komm, gehen wir!« sagt der große Junge, aber nicht zu Uli, sondern zu seinen Freunden.

Uli steht alleine im Vorraum des Kinos. Die Automaten sind verstummt.

Jetzt erst begreift er, daß er all sein Geld verspielt hat, daß er nichts mehr besitzt, nicht einmal mehr das Geld für die Rückfahrt.

Und hatte er nicht seinem Vater versprochen, gut auf das Geld aufzupassen?

Die Kinotüren öffnen sich. Die Besucher strömen heraus.

Was war mit dem Film? Was mit Robinson Crusoe?

In Ulis Kopf dreht sich alles. Was ist denn geschehen? Wie konnte das passieren?

»Du sitzt ganz schön in der Tinte!« Ein kleiner Mann spricht ihn an. Er war ihm gleich aufgefallen, unter all diesen vielen Menschen.

»Hast dein ganzes Geld verschwendet...« »Woher er das nur weiß?« fragt sich Uli und folgt ihm vor die Tür.

»Mein Vater — er ist bestimmt für immer böse.«

»Für immer?«

»Ja. Ich geh' nie mehr nach Hause.«

Uli hat sich auf die Stufen vor dem Kino gesetzt. Der kleine Mann hat neben ihm Platz genommen.

Auch wenn seine Lage hoffnungslos ist, auch wenn ihm niemand mehr helfen kann, es tut gut, mit irgend jemand zu reden. Und so bleibt Uli sitzen.

»Und was willst du jetzt machen?«

»Weiß ich nicht.«

»Willst du nach Amerika gehen?«

»Ich hab' ja nicht mal Geld für den Bus nach Hause.«

»Ist das weit? Kann man da nicht zu Fuß hinkommen?«

»Schon — aber ich trau' mich nicht mehr nach Hause.«

»Wegen deines Vaters? Hast du Angst, daß er schimpft?«

»Bestimmt — oder nicht?«

»Ja, also — du mußt doch wissen, wie dein Vater ist!« Damit ist der kleine Mann verschwunden.

Sein Vater? Wie ist er eigentlich? Zum ersten Mal denkt Uli darüber nach.

»Was wird er tun, wenn ich ohne Geld und viel zu spät nach Hause komme?« fragt sich Uli.

Und dann stellt er sich seinen Vater vor: drohend, schimpfend.

»Daß du dich noch hier blicken läßt — nach all dem, was du getan hast!«

Oder würde sein Vater anders mit ihm reden? »Komm mal her. . . ist doch nicht so schlimm. Das kann doch jedem mal passieren.«

Uli stellt sich viele Möglichkeiten vor. Und schließlich bleibt ihm ja doch keine andere Wahl, als nach Hause zurückzugehen.

Der Heimweg ist lang. Immer wieder sieht Uli seinen Vater vor sich, immer wieder hofft er, daß sein Vater doch Verständnis haben wird.

Und dann kommt auch noch ein Gewitter auf.

Je näher Uli dem Hof der Eltern kommt, desto unsicherer wird er.

Schon von Ferne sieht er seinen Vater, der wartend vor der Türe steht. Jetzt gibt es kein Zurück mehr.

Mit gesenktem Kopf geht Uli auf ihn zu. Er traut sich nicht hochzuschauen.

Uli sieht nur die Füße seines Vaters, die langsam auf ihn zukommen. — Und dann steht er vor ihm, blickt an ihm hoch. Und er schaut in ein Gesicht ohne jeden Zorn. Kann das wahr sein? Sein Vater lächelt — ganz leise. Dann legt er seinen Arm beschützend um die Schultern seines Sohnes und führt ihn liebevoll ins Haus.

Wo hast du deine Puppe, Julia?

Es gibt Häuser — besonders auf dem Land — , da liegt jedes hübsch in seinem Garten. Dann gibt es auch Häuser — besonders in der Stadt — , die drängen sich eng aneinander und bilden einen Kreis oder ein Viereck. In der Mitte liegt ein Innenhof mit Bäumen, Gras und Blumen.

In solch einem Häusergedränge wohnt Julia. Sie kann aus ihrem Fenster in den Hof schauen und auf die Fenster vom Haus gegenüber. An einem dieser Fenster dreht sich ein kleines Windrädchen. Dort wohnt Anja. Unten im Hof spielen ein paar Kinder Gummihüpfen, andere flicken ihr Fahrrad oder spielen Ball. Jetzt kommen Julia und Anja aus dem Haus, und zwischen sich haben sie . . . noch ein Kind? Nein. Karolin ist kein Kind, auch wenn sie so aussieht mit ihren langen, dunklen Haaren, ihren Schlafaugen, ihrem Kirschmund und den beweglichen Beinen. Karolin ist Julias liebste und kostbarste Puppe.

Julia und Anja gehen mit ihr zum Brunnen, um sie zu baden.

»Das wär' gut, wenn die Karolin richtig schwimmen könnte«, sagt Julia und zieht die Puppe aus.

»Ja, da müßte man nur so'n Motor einbauen und dann müßten die Arme und Beine so machen …« Anja zeigt, wie sie's meint, und läßt die Puppe schwimmen. Julia schaut liebevoll zu.

»Dann könnte man die Karolin mit ins Schwimmbad nehmen — oder richtig ans Meer!« sagt sie. »Warst du schon mal am Meer, Anja?«

Nein, Anja war noch nie am Meer. Aber Julia war schon zweimal mit ihrer Mutter in Italien. »Da ist das Meer gaaaanz lang«, sagt sie. »Und jetzt kommt ein Haifisch!« Julia hat einen länglichen Stein genommen, hält ihn in der Hand und läßt ihn zur Puppe schwimmen.

»Hilfe, Hilfe, ein Hai!« piepst Anja und versucht Karolin zu retten.

»Uaaaaah«, brüllt der Hai. Anja lacht .»Ein Hai kann doch nicht sprechen!«

»Doch«, sagt Julia. »Mein Opa hat's gesagt.«

»Aber er macht nicht Uaaaaah, höchstens blub — blub — blub«, sagt Anja und läßt Karolin ganz schnell auf die andere Seite des Brunnens schwimmen. Der Hai platscht hinterher.

»Ich geh' morgen mit meiner Mutter ins Schwimmbad, kommst du mit?« fragt Julia dazwischen.

»Ich kann nicht«, sagt Anja und holt Karolin aus dem Wasser. »Warum?«

»Ich fahr' morgen weg, ganz weit und ganz lange«, sagt Anja und ist auf einmal ganz traurig.

»Warum?« fragt Julia wieder.

»Weil ich weg muß. In ein Sanatorium«, sagt Anja. Sie trocknet die Puppe ab. Julia weiß nicht, was das ist: ein Sanatorium.

»Das ist so'n Krankenhaus, aber kein richtiges. Meine Mutter sagt, das ist ein ›Gesundhotel‹. Und da muß ich hin, weil ich zu wenig ess' und zu schnell wachse.« Julia versteht das nicht.

»Mußt du denn da ganz allein hin, ohne deine Mutter und deinen Vater? Und ist das ganz weit weg?«

Anja erzählt, daß das Sanatorium in den Bergen liegt und daß ihre Mutter sie morgen früh mit dem Zug dahin bringen wird. Aber dann muß Anja ganz allein dort bleiben. Bis Weihnachten. Julia wird immer stiller und nachdenklicher. Ganz allein bis Weihnachten? Das muß ja schrecklich sein! Gemeinsam ziehen die beiden Mädchen die Puppe wieder an und kämmen ihr schönes Haar. Da ruft Anjas Mutter: »Anja, komm hoch. Es wird jetzt kühl.« Anja stößt einen kleinen Seufzer aus. »Also, tschüß«, sagt sie, steht auf und geht. Julia ist ganz verzweifelt — und mitleidig. Sie möchte etwas tun, um ihrer Freundin zu helfen. Aber was?

»Anja!« ruft sie. Und als Anja stehenbleibt und sich noch einmal umdreht . . . da schenkt sie ihr die schöne, große, kostbare Karolin.

Dann packt auch Julia ihre Spielsachen zusammen und geht nach oben.

»Schön, daß du schon da bist«, sagt ihre Mutter. »Wir essen

gleich.« Dann stutzt sie. »Sag mal, wo hast du denn die Karolin?«
»Die Karolin hab' ich der Anja geschenkt«, sagt Julia und strahlt.
Die Mutter versteht nicht. »Der Anja geschenkt? Wie meinst du
das?«

»Na, die Anja muß morgen ins Sana . . . Sanatorium, ganz, ganz
allein, damit sie wieder gesund wird. Und da braucht sie doch
was!« sagt Julia.

»Jetzt komm einmal her!« Die Mutter nimmt Julia auf den Schoß.
»Weißt du denn nicht, daß die Karolin sehr wertvoll ist? Ich
denke, das ist deine liebste Puppe, und jetzt verschenkst du sie
einfach?«

»Nicht einfach!« sagt Julia, und langsam dämmert es ihr, daß die
Mutter mit ihrer Freundschaftstat nicht einverstanden ist.»Mit
der Karolin habe ich doch schon gespielt, als ich so klein war wie
du!« fährt die Mutter fort. »Sie hat damals sicher viel Geld geko-
stet. Und . . . und sie gehört richtig in unsere Familie!« »Aber du
hast gesagt, jetzt gehört sie mir. Und wenn sie mir gehört, dann
kann ich sie auch verschenken!« sagt Julia jetzt trotzig.

»Ja, schon. Aber ich möchte wissen, wie du überhaupt darauf
gekommen bist. Ich verschenke doch auch nicht einfach so mein
bestes Kleid oder . . . oder unser Auto. Sag mal, hast du denn die
Karolin gar nicht mehr lieb?«

Wie kann die Mutter nur so was denken! Und wie kann Julia ihr
nur verständlich machen, was geschehen ist?

»Die Anja hat jetzt die Karolin auch sehr lieb«, sagt Julia leise. Aber die Mutter ist so ärgerlich, daß sie gar nicht richtig hinhört, sondern gleich weiterspricht: »Weißt du, die Karolin, die ist jetzt schon über dreißig Jahre alt. Die hat mir mein Vater von einer langen Reise mitgebracht. Da hab' ich mich sehr gefreut. Und du hast dich doch auch sehr gefreut, als du sie bekamst?«

Julia nickt stumm.

»Siehst du«, sagt die Mutter und will nun vermitteln: »Ich kann mir vorstellen, daß du etwas unüberlegt gehandelt hast. Vielleicht bereust du's nachher schon, und dann bist du traurig.«

Traurig? Warum denn? Julia ist doch froh, daß sie etwas für Anja tun konnte.

»Ich ruf' nachher mal Anjas Mutter an und sag', daß du es nicht so gemeint hast«, fährt die Mutter fort. Julia schaut die Mutter ganz entsetzt an.

»Aber ich hab's doch so gemeint«, schreit sie. »Die Karolin gehört jetzt der Anja!« Und damit rennt sie aus der Küche, über den Flur und in ihr Zimmer.

Aber da ist sie nicht allein. Hoch auf der Leiter am Fenster steht ein Handwerker im grauen Kittel und repariert den Rolladen. Gerade dreht er die letzte Schraube wieder rein, und als er heruntersteigt, sieht man, daß er nicht größer ist als Julia. Er lächelt ihr zu.

»Ja, ja«, sagt er. »Die Erwachsenen verstehen niemals etwas von

47

selbst — es ist sehr mühsam für die Kinder, ihnen immer und immer wieder die Dinge auf dieser Welt erklären zu müssen ...«
»Wer sagt das?« fragt Julia erstaunt. »Der kleine Prinz«, sagt der Handwerker . »Es gibt da eine Geschichte, da kommt der kleine Prinz von einem fernen Stern auf die Erde herunter und trifft dort, mitten in der Wüste, einen Erwachsenen. Und dem versucht er etwas zu erklären, so wie du jetzt deiner Mutter.«
Julia denkt darüber nach. Dabei schaut sie aus dem Fenster und rüber zu dem Fenster mit dem Windrädchen. In Gedanken sieht sie Anja auf ihrem Bett sitzen und weinen, während Anjas Mutter den Reisekoffer packt. Aber dann nimmt Anja die Karolin und drückt sie an sich. Und schon muß sie nicht mehr weinen! Wenn Julias Mutter das doch nur verstehen würde!
Julia dreht sich um. Gerade sieht sie noch die Leiter des kleinen Handwerkers aus der Tür verschwinden. Was hatte er gesagt? Man muß es immer und immer wieder erklären. Julia wendet sich ihren anderen Puppen zu, die brav in einer Reihe sitzen.
»Ich hab die Karolin schon noch lieb«, sagt sie zu ihnen. »Aber die Anja braucht sie jetzt mehr. Versteht ihr das?« Die Puppen schauen sie aus großen Augen an. Von nebenan hört man die Mutter telefonieren:
»Nein, nein, so war das nicht gemeint. Sie ist ja noch ein Kind ... Ja, ich sag's ihr ...«
Telefoniert sie mit Anjas Mutter? Gottseidank nicht. Es war Tante

Brigitte, bei der sie sich noch nicht für das Geburtstagsgeschenk bedankt hatte. Julia nimmt sich ein Herz und geht wieder zur Mutter. »Mama, bist du mir jetzt böse?« fragt sie. — »Nicht böse, traurig bin ich«, sagt die Mutter. »Weißt du, so eine Puppe wie die Karolin, die kann man nicht einfach im Kaufhaus kaufen. Die ist einmalig.«

»Bist du traurig, weil die Karolin nicht mehr bei uns ist?« fragt Julia.

»Ja.«

»Aber sie ist doch nicht gestorben, sie ist doch jetzt bei der Anja«, gibt Julia zu bedenken.

»Na ja«, sagt die Mutter. »Aber stell dir vor, die Anja fährt morgen früh weg, und in der Eile läßt sie die Karolin im Zimmer liegen. Da liegt die Puppe dann herum, Wochen und Monate, und niemand kümmert sich um sie.«

»Nein«, ruft Julia erschrocken. Sie geht ans Fenster und schaut rüber zum Fenster mit dem Windrädchen. In Gedanken sieht sie Anja einsam am Bahnhof, einsam in einem Zugabteil, einsam . . . , nein. Sie hat ja die Karolin mit. Ihre Karolin! Mit der kann sie immer spielen. Die kann sie kämmen und anziehen, so wie die beiden Freundinnen es immer gemacht haben. Wenn ihre Mutter das doch nur verstehen würde!

Unterdessen ist es Abend geworden. Mutter und Julia sitzen am Tisch und essen. Sie reden nicht viel, denn beide denken an

Karolin. Da klingelt wieder das Telefon. Diesmal ist es wirklich Anjas Mutter, und sie fragt, ob das denn ernst gemeint war mit dem Geschenk und ob sie die Puppe nicht doch lieber wieder zurückbringen soll.

»Tja, ich weiß nicht«, sagt die Mutter zögernd. »Aber ... « (Julia lauscht und hält den Atem an.) »Also, wie ich es verstanden habe, war das schon ernst gemeint ... Ja ... Anja soll die Karolin behalten ... Ja ... und gute Besserung für sie, gute Reise!«

Julia atmet erleichtert auf. Hat die Mutter sie nun doch verstanden?

»Marsch, ins Bett!« sagt die Mutter, und Julia verschwindet in ihrem Zimmer. Im Lexikon betrachtet sie ein Bild, das unter »Sanatorium« zu sehen ist: ein schloßartiges Gebäude in den Bergen. Die Mutter kommt zur Gutenachtgeschichte. Julia setzt sich auf ihren Schoß.

»Erzähl mir was von Karolin«, bittet sie. Die Mutter ist ein biß-chen erstaunt. Aber dann erzählt sie, wie sie als kleines Mädchen immer mit der Puppe gespielt und geredet hat: »Weißt du, ich war ja das einzige Kind zu Hause. Die anderen hatten alle Geschwister, und ich hatte eben meine Karolin. Dann war ich nicht so allein.«

»Wie die Anja. Die ist jetzt auch nicht mehr allein«, sagt Julia verträumt. Und während die Mutter weitererzählt, sieht sie in Gedanken, wie Anja im fernen Sanatorium, allein in einem riesi-

gen weißen Bett … glücklich mit ihrer Karolin spielt.

Früh am nächsten Morgen springt Julia aus dem Bett und rennt ans Fenster. »Mama, Mama«, ruft sie. »Komm schnell.« Die Mutter kommt, und gemeinsam sehen sie, wie unten auf der Straße Anja mit ihrer Mutter und einem großen Koffer in ein Taxi steigt. Anja dreht sich um und winkt lächelnd zu Julias Fenster herauf. Im Arm trägt sie die schön gekämmte Karolin.

Da nimmt die Mutter ihre Julia in den Arm und gibt ihr einen liebevollen Nasenstüber.

Manuel und die verheimlichte Freundschaft

In unserem Dorf liegt der Sportplatz mitten in Wiesen und Feldern, und ganz in der Nähe liegt ein Schrottplatz. Natürlich gibt es in unserem Dorf eine Kirche, eine Schule, ein Rathaus, eine Bäckerei, eine Metzgerei, Schneider, Schuster und Klempner und viele verschiedene Bauernhäuser. Aber das interessiert die Kinder wenig. Bei fast jedem Wetter sind sie draußen auf dem Sportplatz und spielen Fußball. Manuel, das jüngste und kleinste von den Schulkindern, spielt heute auch mit. Gar nicht mal so schlecht, wie der Junge den Ball annimmt! Erwartungsvoll tänzelt er vor dem Tor herum. Jetzt gleich muß der Ball kommen. Aber was ist das? Manuel erstarrt plötzlich und schaut ängstlich in die Ferne. Ganz abwesend kickt er den nun heranrollenden Ball ... weit am Tor vorbei ...

»Flasche, Oberpflaume!« rufen die andern Kinder wütend.

»Selber Flasche«, murmelt Manuel und geht einfach vom Spielfeld.

»Sag mal, spinnst du?« ruft der Torwart. »Ich muß heim«, sagt Manuel und nimmt seinen Pullover auf.

»Jetzt, mitten im Spiel? Da hättest du ja gar nicht mitspielen brauchen.«

»Kann ich doch nichts dafür, wenn meine Mama das sagt«, brummt Manuel und macht sich eilig auf den Heimweg.

»Meine Mama, meine Mama!« äffen ihn die Kinder nach. Aber Manuel ist schon hinter dem Gebüsch verschwunden. Da bleibt er allerdings stehen und schaut durch die Zweige zurück. Unterdessen haben auch die andern Kinder entdeckt, wer da auf dem Feldweg mit seinem Leiterwagen voll Altmetall daherkommt.

»Der Knoll!« ruft eins der Kinder freudig. Aber es ist eine böse Freude. Denn plötzlich laufen alle Kinder vom Sportplatz, rennen auf den Mann zu und singen:

»Meister Knoll, ach du Graus,
Holt sich jeden Dreck ins Haus.
Nichts kann ihm zu rostig sein,
Muß ein großes Ferkel sein!
Oh, wie toll,
Meister Knoll!«

Als der Mann nahe herangekommen ist, bleibt er plötzlich stehen, läuft dann ein paar Schritte auf die Kinder zu und schreit: »Wenn ich euch erwische, dann könnt ihr was erleben!«

Kreischend und lachend stieben die Kinder auseinander. Manuel, hinter seinem Busch, schämt sich.

Abends sitzt Manuel mit seinen Eltern am Tisch. »Papi, bist du der einzige Freund von Knoll?« fragt er und knetet sein Brot zu kleinen Kügelchen.

»Nein«, sagt der Vater, der gerade die Zeitung liest. »Warum fragst du?«

»Weil er Dreck sammelt«, sagt Manuel. »Dreck?« Der Vater wundert sich. »Du weißt doch, daß er aus Altmetall wunderschöne, neue Sachen macht. Du kennst ihn doch so gut wie ich. Sag mal . . . , hat jemand was Schlechtes über den Herrn Knoll gesagt? Weißt du, viele Leute verstehen ja nichts von seinen Plastiken.«

»Och, nö«, sagt Manuel ausweichend und knetet weiter an seinen Brotkügelchen.

Schutzbleche, Radspeichen, Stoßstangen, Töpfe, Ofenrohre, Türschlösser, Drähte, Herdringe, Sprungfedern, Kuchenbleche, das alles liegt in buntem Durcheinander in einem gemütlichen, großen Holzschuppen. Mittendrin sitzt jetzt Manuel und trinkt Kakao. Er schaut Herrn Knoll zu, der mit seinem Schneidbrenner seltsame Dinge aus Blech formt. Von draußen ist ein Knarren, Quietschen und Ächzen zu hören, das manch einen erschrecken würde. Nicht aber Herrn Knoll oder Manuel.

»Ganz schöner Wind heute«, sagt Knoll und legt seine Arbeit nieder. Mit Manuel geht er vor die Tür, und beide betrachten die wundersamen Plastiken aus Eisenteilen, die sich wie riesige Mobiles im Winde bewegen und dabei ächzen und quietschen.

»Wachst du von den Geräuschen oft auf in der Nacht?« fragt Manuel. Knoll lacht. »Nein, weißt du, da geht es mir wie dem Leuchtturmwächter, der sein ganzes Leben lang auf einem Leuchtturm wohnte. Außer dem Licht hatte der Leuchtturm eine Kanone, die jede Stunde von selbst losging, um die Schiffe zu warnen. Jede Stunde — Bum! Und eines Nachts ist es dann passiert. Schreiend wachte der Leuchtturmwächter auf.«

»Warum?« fragt Manuel gespannt.

»Na, weil die Kanone versagt hatte. Es war zu still!«

Beide lachen, aber mittendrin verstummt Manuel. Er hat in der Ferne etwas entdeckt. Hastig zieht er Herrn Knoll mit sich zurück in den Schuppen. »Ich hab sooo einen Durst«, erklärt er. Herr Knoll wundert sich.

»So plötzlich? Sieh mal, deine Tasse ist ja noch halb voll.«

»Aber der Kakao ist schon kalt«, sagt Manuel angstvoll. Und während Herr Knoll neue Milch auf dem Kocher warm macht, hört er auch schon, was Manuel am liebsten vor ihm verborgen hätte: Steine fliegen gegen die Metallplastiken und man hört die Kinder spotten:

»Meister Knoll, ach du Graus,

Holt sich jeden Dreck ins Haus . . .«

Herr Knoll hört sich das auch eine Weile an. Dann holt er tief Luft, reißt die Tür auf und schreit: »Wenn ich euch erwische, dann könnt ihr was erleben!«

Kreischend rennen die Kinder fort. Dann ist Stille. Manuel schämt sich sehr. »Ich kenne sie nicht«, sagt er. Aber Herr Knoll weiß es besser.

»Aber Manuel! Das sind doch deine Freunde. Du spielst doch immer mit ihnen. Die sind halt kindisch.«

»Das sind nicht meine Freunde!« protestiert Manuel. »Die sind böse. Selber schmutzig sind die. Wissen gar nicht, was du Schönes machst.«

»Ja, sie kennen mich halt nicht«, sagt Herr Knoll traurig.

»Wenn ich . . . wenn ich sie mal einladen täte, würdest du ihnen dann alles zeigen?« fragt Manuel hoffnungsvoll.

»Ich schon«, sagt Herr Knoll. »Aber ich kann mir nicht vorstellen, daß du es fertigbringst, sie hierher einzuladen.«

»Doch, ganz bestimmt!« sagt Manuel und geht voller Hoffnung nach Hause.

Am Tag darauf rennt Manuel wie immer auf den Sportplatz. Die anderen sind schon mitten im ersten Spiel.

»Kann ich mitspielen?« fragt Manuel. Die anderen Kinder laufen zusammen und stehen schweigend vor ihm. Dann sagt der Torwart: »Was hast du denn beim Knoll gemacht? Du warst nämlich da. Der Peter hat's gesehen.« Manuel ist überrumpelt. »War ich überhaupt nicht«, sagt er schnell.

»Warst du leider doch! Ich hab's ja gesehen«, sagt Peter.

»Du lügst«, schreit Manuel.

»Du lügst«, schreit Peter, und schon ist die schönste Schlägerei im Gange.

Schließlich siegt Peter. Manuel steht auf und weint. Die andern sehen es verdutzt und hilflos. Sie können ja nicht wissen, daß Manuel nicht wegen der Niederlage im Ringkampf weint, sondern weil er seinen Freund Knoll verleugnet hat.

Ganz geknickt geht Manuel nach Hause. Als er an der Baracke des Sportvereins vorbeikommt, sieht er den Sportwart, der den Eingang mit Girlanden schmückt. Manuel bleibt stehen. Der Sportwart, nicht größer als Manuel selbst, müht sich mit einer Girlande ab. Manuel bietet seine Hilfe an und hält die Girlande, während der Sportwart sie annagelt.

»Irgendwie ist es eine blöde Sache, wenn man jemanden mag, den die andern nicht mögen«, sagt der Sportwart wie zu sich selbst. »Was macht man dann? Man möchte ja so gern tapfer sein und zu ihm stehen. Aber wenn es drauf ankommt, ist man feige. So geht's mir jedenfalls.« Der Sportwart nimmt einen neuen Nagel und klopft ihn in den Balken. »Wenn mir sowas passiert, dann möchte ich vor mir selbst davonlaufen und bin gegen alle anderen und gegen mich selbst beleidigt.« Manuel hängt die Girlande über den Nagel.

»Warum gehst du nicht zu deinem Freund und sagst: ›Du, Freund, ich hab dich nicht richtig liebgehabt, und — und es tut mir leid‹?« fragt er dann.

»Das schaff' ich wohl nicht«, murmelt der Sportwart. »Ist ja auch schwer.« Er bückt sich nach den Girlandenresten am Boden und scheint Manuel vergessen zu haben.

»Aber . . .«, fängt Manuel wieder an. Der Sportwart hört ihm nicht mehr zu. Da geht Manuel weiter durch die Wiesen und Felder, bis in der Ferne Herrn Knolls Haus zu sehen ist. Manuel bleibt stehen und schaut lange hin. In seinen Gedanken formt sich ein Bild: Eine Menschenmenge steht vor dem Haus, jubelt und ruft: »Er lebe hoch!« Manuel sieht den Bürgermeister mit einer Ehrenurkunde, und er sieht sich selbst, wie er die Ehrenurkunde für seinen besten Freund Knoll in Empfang nimmt und sie ihm weiterreicht. Aber das schöne Bild verschwindet wieder. Dennoch geht Manuel entschlossen weiter auf das Haus von Herrn Knoll zu, bis ihn wieder der Mut verläßt und er sich am Wegrand niederkauert. Jetzt kann er schon ganz deutlich die Hammerschläge aus dem Schuppen hören. Wieder sieht Manuel in Gedanken eine Menschenmenge vor Herrn Knolls Gartenzaun. Aber diesmal hört er keine Hochrufe, sondern den alten, bösen Spottvers, und die Leute werfen, wie die Kinder, mit Dreck nach Knolls schönen Metallplastiken. Manuel fühlt in sich eine große Wut und Entrüstung aufsteigen. Und dann sieht er sich selbst hocherhobenen Hauptes aus Herrn Knolls Schuppen kommen. »Ihr Bösewichte! Ihr Oberpflaumen! Feige Memmen!« hört er sich rufen. »Schämen sollt ihr euch! Freche Reden halten und mit

Dreck werfen! Wer sind denn hier die Ferkel? Schert euch weg! Oder soll ich euch Beine machen?«

So mutig sieht sich Manuel. Während die Dorfbewohner beschämt und mit gesenkten Köpfen wie die begossenen Pudel abziehen, kommt Herr Knoll aus dem Haus und klopft ihm anerkennend auf die Schulter.

Ja, das wäre schön. Aber tatsächlich sitzt Manuel immer noch am Wegrand und träumt vor sich hin. Soll er es wagen und zu Herrn Knoll gehen, um ihm alles zu erzählen? Zögernd steht er auf, zögernd geht er in den Garten, bis plötzlich Herr Knoll vor ihm steht.

»Ach, du bist's, Manuel«, sagt er freundlich. »Willst du mich besuchen?«

»Ja«, sagt Manuel erfreut. »So Zeug holen. Können wir zusammen gehen und alte Metallsachen holen?«

»Ja, weißt du, eigentlich hab' ich noch so viel«, sagt Herr Knoll zögernd. »Ich brauch' grad gar nichts.«

Aber dann, weil Manuel ihn so sehr bittet, läßt er sich doch überreden. Sie holen den Leiterwagen aus dem Schuppen und ziehen los. Das heißt, Herr Knoll zieht, und Manuel darf im Leiterwagen fahren. Dabei unterhalten sie sich über alles Mögliche.

Als der Schrottplatz und damit ja auch der Sportplatz in Sicht kommen, ruft Manuel: »Halt mal an.«

Herr Knoll bleibt stehen, und Manuel klettert aus dem Wagen.

»Ich möchte auch mal ziehen«, erklärt Manuel und achtet darauf, daß er so geht, daß ihn seine Freunde vom Sportplatz aus sehen können.

Nun sind sie ganz nah am Fußballfeld, und plötzlich ruft eins der Kinder: »Da!«

Alle starren in die Richtung, aus der die beiden kommen. Einige wollen schon zum Spottvers ansetzen. Da erkennen sie Manuel.

»Mensch«, rufen sie. »Mut hat er ja!« Staunend sehen sie die beiden vorüberziehen.

Manuel und Herr Knoll haben viel Spaß auf dem Schrottplatz.

»Kannst du das brauchen?« fragt Manuel und hält eine Radkappe hoch.

»Ich könnte es für dein Windrad verwenden«, meint Herr Knoll, der sich gerade in einem alten Autowrack umsieht.

»Übrigens«, fragt Manuel so nebenbei. »Hast du noch genug Kakao im Haus?«

»Kakao? Ja, an dem soll's nicht fehlen«, sagt Herr Knoll und schaut Manuel belustigt von der Seite an. Manuel schaut nicht zurück, aber er sagt:

»Dann lad' ich nämlich morgen mal die andern Kinder ein, ja?«

Die fremde Katze

Deutschland ist unsere Heimat. Aber es gibt noch viele andere Heimatländer auf der Welt. Eins davon heißt Schweden, und da kommt Lisa her.

Viele Menschen verlassen ihr Heimatland, weil Krieg ist oder Hungersnot oder weil sie lieber in einem anderen Land leben wollen. Kinder verlassen ihr Heimatland niemals freiwillig. Sie müssen tun, was die Erwachsenen von ihnen verlangen, ob sie es nun verstehen oder nicht. So ist es auch mit Lisa.

Wenn man in ein anderes Land kommt, dann ist alles fremd. Die Sprache ist fremd, das Essen ist fremd, was die Leute tun und wie sie leben ist einem fremd, und man selbst ist ein Fremder. Das ist schwer, auch für Lisa, die im Zug sitzt und mit ihrer Puppe Annalisa in die Fremde fährt. Allerdings ist es eine freundliche Fremde, in die sie kommt, das merkt man gleich. Denn als sie aussteigt, ist da ihre Kusine Lena — die ist genauso alt wie sie. Und da ist ihre Tante Britta — die Schwester von ihrer Mama. Und da ist schließlich ihr Onkel Franz, der Bauer, der mit dem Traktor gekommen ist, um sie abzuholen. Alle reden freundlich mit ihr. Die Bäuerin klettert mit den beiden Mädchen auf den Anhänger, wo schon ein paar Schafe stehen, und los geht's.

Lisa, die aus der Großstadt Stockholm kommt, ist noch nie mit einem Traktor gefahren. Sie staunt. Und zwischen Kisten und Kasten und blökenden Schafen muß sie von ihrer weiten Reise erzählen — zuerst mit dem Flugzeug, und dann ist sie mit der Bahn gefahren.

Und von ihrer Mama erzählt sie, die schon lange im Krankenhaus ist; und von ihrer Oma, die nun schon viel, viel zu alt ist zum Kinderversorgen; und von ihrem Papa, der auch nicht bei Lisa sein kann, weil er Geld verdienen muß. Ja, und darum ist Lisa nun hier, bei ihren nächsten Verwandten.

Lena findet das ganz toll. Nun hat sie endlich jemanden zum Spielen, beinahe wie eine Schwester. Lisa schaut die Schafe im Käfig an und wird auf einmal ganz traurig.

»Ganz lange kann ich aber nicht bleiben«, sagt sie. »Bloß bis meine Mama wieder gesund ist.«

Tante Britta streichelt ihr liebevoll den Kopf. Da schläft Lisa ganz plötzlich an ihrer Schulter ein. Langsam fährt der Traktor in einen alten Bauernhof und hält vor dem Haus.

»War ja auch eine lange Reise«, brummt der Bauer freundlich und trägt das schlafende Kind in sein neues Zuhause.

Die Puppe Annalisa bleibt eine Weile in der Reisetasche auf dem Hof stehen. Eine Katze kommt, beschnuppert sie, schaut ihr in die großen Puppenaugen und läuft dann weiter.

Lisa schläft und schläft, und als sie endlich aufwacht, staunt sie über das fremde Bettchen und das fremde Kinderzimmer. Ihr Blick fällt auf das Fenster. Da schaut von außen eine Katze herein, schaut Lisa an und springt dann vom Fensterbrett. Irgend etwas knarrt jetzt fürchterlich, und dann geht leise die Tür auf und ... Lena schaut herein.

»Na, endlich bist du wach«, ruft sie fröhlich. »Jetzt können wir gleich deine Sachen einräumen.« Stolz zeigt sie auf ein Regal, dessen eine Seite mit Sachen überfüllt ist, weil die andere Seite leergeräumt wurde. Aber Lisa ist ängstlich.

»Was hat denn da grad so fürchterlich geknarrt?« fragt sie.

»Ach das«, sagt Lena. »Das ist nur unsere alte Treppe. Die ist schon dreihundert Jahre alt und hat eine Seufzerstufe. Und weißt du, was sie sagt?« fragt Lena und macht jetzt eine alte Frau nach.

»Sie sagt: Ach herrje, ach herrje, ach herrje.«

Da muß Lisa lachen und hüpft aus dem Bett. Lena ist jetzt beim Kleiderschrank und öffnet ihn.

»Schau mal, meine Tante Stasi hat lauter Sachen für dich und mich genäht. Alle ganz gleich. Willst du mal das Dirndlkleid anprobieren, das ich auch anhab'?« Lisa denkt an ihren kleinen blauen Schrank in Schweden. Sie versucht, das Kleid anzuziehen, das Lena ihr freundlich hinhält. Aber es paßt ihr nicht richtig.

»Ich zieh' doch lieber meins an«, sagt sie, und währenddessen sucht Lena schon nach einem Platz für die Puppe Annalisa.

»Komm, rutsch mal ein bißchen zur Seite, Monika«, sagt sie zu

ihrer Puppe und legt Annalisa zu ihr in den Puppenwagen. Nachdem das alles erledigt ist, zieht Lena die Lisa hinter sich her die Treppe hinunter und hinaus auf den Hof, denn sie hat noch was Wichtiges zu tun, wie sie sagt.

Da muß Lisa wieder staunen, denn Lena, die ja noch ein kleines Mädchen ist, geht auf die Weide, macht das Gatter auf und treibt ganz allein vierzig Kühe heim in den Stall. Kaum zu glauben! Dann nimmt sie im Vorbeigehen eine Rübe und füttert ein Kaninchen. Erst jetzt kann Lisa wieder den Mund aufkriegen.

»Ist das dein Kaninchen?«

»Meines? Ach ja, alle Kaninchen, Schweine, Kühe und Hühner sind meine«, sagt sie stolz. Lisa staunt.

»Alles deine?« fragt sie darum noch mal ungläubig.

»Na ja, unsere«, sagt Lena. »Alle Tiere gehören uns allen zusammen hier auf dem Hof. — Und dir jetzt auch!«

Darüber muß Lisa lange nachdenken. Beim Hinausgehen sieht sie die Katze, die mit kleinen, frechen Füßen den Mittelgang entlangläuft.

»Da ist unsere Katze«, ruft sie froh. Lena dreht sich um: »Ach die! Nee, die gehört nicht uns. Die ist fremd und streunt hier bloß so rum. — Komm jetzt, Lisa.«

Unterdessen hat Tante Britta das Abendessen gekocht. Alle sitzen am Küchentisch und falten die Hände. »Was kommt nun?« denkt Lisa.

Der Bauer spricht das Tischgebet:

»Dank sei Dir, Herr, für Deine Gaben,
Die wir auch heut' empfangen haben.
Segne unser täglich Brot,
Schütze uns vor aller Not.
Schenk uns in Deiner Hulde
Ein Herz, das sich gedulde.«

Tante Britta teilt das Essen aus. Zuerst dem Bauer, dann seiner Schwester, der Tante Stasi, dann den Kindern. Der Bauer redet mit Tante Stasi von der Feldarbeit. »Und was habt ihr gemacht?« fragt er dann die Kinder.

»Ich hab' Lisa unsere Tiere gezeigt«, sagt Lena stolz.

Der Bauer freut sich. »Und? Haben sie dir gefallen?«

»Ja«, antwortet Lisa, »vor allem die Katze«.

Alle schauen erstaunt auf. Die Katze? »Sie meint die fremde Katze, die nur so herumstreunt«, erklärt Lena. Die andern lachen.

»Wem gehört sie denn?« will Lisa wissen. »Ach, die gehört niemandem«, sagt Tante Stasi. »Ist wie 'ne Wildkatze. Kommt, wenn sie Hunger hat, und dann ist sie tagelang verschwunden.«

Lisa fühlt sofort eine große Zuneigung zu dem Tier, das so fremd ist ... so fremd wie sie selbst. Fast hätte sie angefangen zu weinen. Aber gerade da kommt der Knecht mit den Futtereimern herein.

Klein ist er, nicht größer als Lisa, und doch ein Erwachsener.

»Die fremde Katze ist schön, nicht wahr?« sagt er zu Lisa und schöpft sich Suppe auf den Teller.

»Man muß nur Geduld haben«, redet er weiter, während er ißt. »Geduld, nur Geduld, der Sommer ist nah.« Jetzt erst merkt Lisa, daß er schwedisch spricht, und sie lächelt und versteht und ist getröstet.

Am anderen Morgen stehen die beiden Mädchen früh auf, denn auf einem Bauernhof gibt es immer was zu tun. Lena möchte, daß sie sich gleich anziehen und gleich frisieren. »Wie Schwestern«, sagt sie. Zuerst versucht Lisa das auch, denn sie mag Lena gern, und sie sind ja hier in Deutschland. Aber es gelingt nicht. Es paßt nicht zu ihr. Da rupft sie die Schleifchen wieder aus dem Haar und rennt hinter Lena her, die schon nach unten gegangen ist, um die Milchflaschen zu holen, denn die neugeborenen Lämmer müssen jetzt gefüttert werden. Lena kann das prima, aber Lisa hat das noch nie gemacht und stellt sich ungeschickt an. Bald verliert sie die Lust.

Draußen im Hof ist die Katze. Lisa schüttet die Milch aus der Flasche einfach in einen Milchkannendeckel und stellt ihn der Katze hin. Aber die ist schon um die Ecke.

Die Tage vergehen, und immer versucht Lisa, so wie Lena zu sein, die alles so gut kann, aber nie gelingt es ihr richtig. Vielleicht will sie es auch gar nicht. Sie ist doch nicht Lena, sondern Lisa!

Eines Tages kommt es zum Streit. Eigentlich wollten beide mit dem Puppenwagen in den Wald gehen und Blaubeeren pflükken. Aber auf einmal will Lisa nicht mehr.

»Mir ist zu heiß«, sagt sie. »Der Puppenwagen ist zu schwer und überhaupt will ich auch mal was ohne dich machen.«

Das versteht Lena überhaupt nicht. Beleidigt geht sie allein in den Wald, während Lisa mit ihrer Puppe im Gras sitzt und eigentlich gar nicht weiß, was sie machen soll.

Da sieht sie die Katze und geht ihr nach, schleicht sich an und fängt sie. Sie hält sie tatsächlich auf dem Arm und streichelt sie und redet mit ihr auf schwedisch. Ganz glücklich ist Lisa! Aber aus Versehen drückt sie die Katze zu sehr, und die bekommt Angst, will sich befreien und kratzt und beißt.

»Au!« schreit Lisa. Wütend rennt sie der Katze hinterher, und als die im Heuschober verschwindet, schlägt Lisa die Tür zu und verriegelt sie.

»Du sollst nicht weglaufen«, schreit sie. »Alle gehen immer von mir weg. Dich will ich aber behalten!«

Und trotzig steht sie da und weint und ist sehr unglücklich.

Am Abend sitzt Lisa mit Lena am Tisch und malt. Nach einer Weile hat sie die Katze vergessen.

»Aber ein grünes Hausdach gibt's doch nicht.« Lena lacht und zeigt auf Lisas Bild. Sie ruft den Knecht.

»Wenn Lisa es malt, dann gibt es eben auf dem Bild ein grünes

Dach«, sagt der und lächelt Lisa zu. Tante Stasi kommt herein. »Wer hat schon wieder den Milchkannendeckel auf dem Hof liegenlassen?« fragt sie streng. Lisa zuckt zusammen. Lena sagt nichts. Lisa sieht in Gedanken das arme Kätzchen im Heuschober eingesperrt. Ganz ohne Milch. Schnell will sie zum Haus hinaus, aber Tante Britta fängt sie an der Haustür ab.

»Jetzt ist's zu spät zum Rausgehen«, sagt sie und weiß ja nicht, daß es wegen der Katze ist. In Gedanken sieht Lisa viele Türen vor ihrer Nase zugehen: die Wohnungstür, die Autotür, die Flugzeugtür, die Zugtür. (Nur eine Tür ging mal auf. Die Kinderzimmertür, als Lena reinschaute.) Und dann hat Lisa selbst eine Tür zugeknallt: die Heuschobertür.

Lisa steigt die Treppe hinauf zu ihrem Zimmer. Jetzt kann sie die Katze nicht mehr vergessen.

»Warst du schon mal, wo du nicht sein wolltest?« fragt sie Lena.

»Nein, wo sollte das denn sein?«

»Halt im Krankenhaus oder im Kinderheim oder in einem fremden Land oder eingesperrt?« sagt Lisa.

»Aber nein«, entrüstet sich Lena. »Kinder sperrt man doch nicht ein.«

Da erzählt ihr Lisa die ganze Katzengeschichte. Lena tröstet sie: »Da brauchst du dir keine Sorgen zu machen. Der Heuschober hat überall ganz große Löcher. Da kann man keine Katze einsperren.«

Aber Lisa macht sich doch Sorgen. Und als es still im Haus geworden ist, schleicht sie sich im Nachthemd die Treppe hinunter. Sie erschrickt, als sie unten den Knecht stehen sieht. Aber der macht nur »Pst!« und gibt ihr eine Stallaterne, denn draußen ist es nun dunkel geworden. Lisa nimmt allen Mut zusammen und macht sich auf den Weg zum Heuschober, um die Katze zu befreien. Aber leider merken die Erwachsenen im Haus, daß Lisa so spät noch draußen ist. Tante Stasi entdeckt es zuerst und erzählt es den anderen, und bald stehen alle aufgeregt im Flur und wundern sich, was das Kind da draußen in der Nacht will, und bestürmen Lena mit Fragen. Lena — da muß man staunen — hat unterdessen gelernt, Lisa ins Herz zu schauen. »Sie wußte nicht, ob sie die Katze vielleicht in den Heuschober eingesperrt hat, und da wollte sie nachschauen. . . und da ist sie nochmal hingegangen. Sie weiß schon, was sie tun muß!«

Lisa ist unterdessen am Heuschober angekommen. »Mein Kätzchen!« ruft sie immer wieder: »Mein Kätzchen!« Sie leuchtet in alle Ecken und Winkel. Aber nichts regt sich. Die Katze ist nicht mehr da. Erleichtert und auch sehr traurig wendet sich Lisa wieder um. Da steht auf einmal die Katze in der Tür. Ein Wunder! Lisa wird es ganz heiß vor Glück. Ganz viel will sie der Katze sagen, vom Liebhaben, vom Freisein, vom Verzeihen und Verstehen, und bringt doch kein Wort heraus. Die Katze reckt ihr Köpfchen und lauscht und hat schon alles verstanden. Oder was meint ihr?

Warten auf den Vater

Hast du schon mal auf was gewartet? Schon lange und voller Ungeduld? Das ist schwer, nicht wahr?

Vor Weihnachten kann man das Fest oft nicht mehr erwarten. Aber beim Weihnachtsfest weiß man wenigstens ganz bestimmt, daß es am 24. Dezember kommt. Babs und Anna warten auf ihren Vater. »Morgen komme ich wieder«, hat er gesagt. »Vielleicht aber auch erst übermorgen.« Ganz früh am Morgen, noch vor dem Frühstück, läuft Anna runter zum Strand. Babs und Anna wohnen nämlich auf einer kleinen Insel in der Nordsee. Zu dieser Zeit legt das erste Fährschiff an. Anna wartet, bis alle Passagiere ausgestiegen sind. Aber ihr Vater ist nicht dabei. Mißmutig geht Anna zurück zum Haus. »Mama ist auch nicht da, und wir sind womöglich einen ganzen Tag oder sogar zwei allein! Na, schöne Aussichten!« »Anna, komm frühstücken«, ruft Babs aus dem Haus. Sie ist ein kleines bißchen älter als Anna, aber viel gescheiter ist sie nicht.

»Hab' keinen Hunger«, ruft Anna zurück. Babs kommt aus der Tür.

»Gleich am Morgen kann er doch nicht kommen«, sagt sie.

»Ich warte trotzdem«, sagt Anna und setzt sich ins Gras. Babs möchte ihre kleinere Schwester aufheitern. »Na warte mal, ich zeig' dir was«, sagt sie und beginnt umständlich im Gras herumzusuchen.

Anna schaut ihr erstaunt zu. Endlich scheint Babs gefunden zu haben, was sie suchte: zwei Grashalme. Na, das wäre doch auch einfacher gegangen. »Und nun?« fragt Anna.

»Zieh einen!« Babs hält ihr die Halme hin. Nur die Spitzen schauen aus ihrer Hand heraus. »Daran kann man sehen, ob Vater kommt. Ein Halm ist nämlich kürzer. Wenn du den kürzeren ziehst, kommt Vater nicht.«

»Ich weiß doch, daß Vater heute kommt!« sagt Anna und zieht trotzdem einen Halm. »Es ist der kürzere.« Babs lacht spitzbübisch. »Oder willst du den anderen auch sehen?«

Anna will den anderen Grashalm auch sehen, und es zeigt sich, daß beide gleichlang sind. Babs wollte nur Spaß machen. Aber Anna findet das gar nicht lustig. Sie will doch richtig warten!

Gerade, als sie nun endlich doch frühstücken will, hört man das Tuten eines Schiffes. Wie elektrisiert rennt Anna wieder zum Landungssteg. Schön und strahlend weiß kommt ein Passagierschiff angefahren… Aber es legt gar nicht an, sondern fährt vorbei. »Sei doch nicht gleich traurig«, sagt Babs. Anna sieht sie vorwurfsvoll an. »Du glaubst ja gar nicht, daß er heute kommt.« »Doch, er hat sich nur verspätet, weil irgendwas nicht geklappt hat. Vielleicht will er uns auch was mitbringen und kommt deshalb später«, sagt Babs.

»Wann ist später?« will Anna wissen. Aber das weiß Babs natürlich auch nicht. Sie sagt: »Komm, wir probieren es mal aus. Wir laufen bis zum Fischerboot da. Und wenn ich gewinne, dann kommt Vater.« »Na gut«, sagt Anna, und sie rennen los. Anna weiß, daß ihre Schwester immer schneller rennt als sie. Aber heute knickt Babs mitten im Rennen um, und so gewinnt Anna. Sie kommt als erste beim kleinen Fischerboot an, das umgekippt am Strand liegt.

»Ich habe gewonnen!« jubelt sie. Aber dann fällt ihr ein, was das bedeutet: Dann kommt Vater nicht. Sie bleibt erschrocken stehen. Ein Fischer, nicht größer als Anna selbst, streicht das Boot gerade neu an. Schön blau und rot. »Ich hab' gewonnen und doch nicht gewonnen«, sagt Anna traurig. Der Fischer nickt.

»Und jetzt hast du Angst, daß dein Vater nicht kommt.«
Anna schaut ihn verwundert an.

»Weißt du denn, wie warten geht?« fragt sie. Der kleine Fischer stellt den Pinsel zurück in eine Blechdose und betrachtet nachdenklich sein Werk.

»Na ja«, sagt er. »Spielen ist nicht warten, oder?«
Das findet Anna ja auch. Aber was dann? Beide setzen sich in den Sand und schauen eine Weile aufs Wasser. Dann holt der Fischer aus seiner Jackentasche eine kleine Perle. Er hält sie vor sein

Auge und schaut hindurch. Oder schaut er hinein? »Die Perle ist in der Tiefe des Meeres zur Welt gekommen«, sagt er. »Manchmal, wenn sie ganz warm ist, ist sie durchsichtig.«

Anna beobachtet den Fischer neugierig. »Darf ich auch mal durchschauen?« fragt sie. Der Fischer legt die Perle vorsichtig in Annas Hand. »Ich schenk' sie dir«, sagt er.

Anna steht auf und rennt ans Wasser. Sie haucht die Perle an, damit sie ganz warm wird, und dann hält sie das kleine, runde Ding vor ihr Auge. Das andere Auge kneift sie fest zu, so wie es auch der Fischer gemacht hat. Und was sieht sie?

In der Ferne auf dem Meer schwimmt der Vater in dem kleinen blauroten Fischerboot. Er wirft die Fangnetze aus. Anna freut sich.

»Ich weiß, daß du mich lieb hast«, murmelt sie glücklich. »Ich weiß es, weil ich dich auch lieb habe.« Sie sieht, wie der Vater die Hand auf die Wasseroberfläche legt und zu ihr hinschaut. Da legt Anna auch ihre Hand aufs Wasser und fühlt.... Vaters Herzschlag. Poch-poch, poch-poch, poch-poch. Glücklich und ganz in sich versunken sitzt Anna da. Bis Babs ruft: »Was machst du denn da?«

»Ich habe Vater gesehen«, sagt sie. »Hier durch die Perle.«

Babs nimmt die Perle und schaut durch. Aber sie sieht nichts. Und während die Mädchen noch streiten, ob man durch eine Perle etwas sehen kann, das weit in der Ferne ist, oder ob man es

nicht sehen kann, kommt ein Hubschrauber auf die Insel zu, hängt einen Moment wie regungslos in der Luft und sinkt dann langsam nieder.

Anna und Babs rennen auf den Landeplatz zu. Der Hubschrauber macht einen mächtigen Windwirbel, während er landet. Anna und Babs sind sehr gespannt. Aber niemand steigt aus. Mit großen, enttäuschten Augen sehen die Mädchen den Hubschrauber wieder abfliegen und im Himmel verschwinden. Weit und blau ist der Himmel, weit und blau ist das Meer. Der Wind bewegt leise die Wolken am Himmel und den Strandhafer auf den Dünen. Die Mädchen warten. »Mir wär' es egal, ob er etwas mitbringt«, sagt Anna. »Mir bringt er etwas mit, das weiß ich«, sagt Babs. »Er bringt mir das Kleid mit, das weiße, weil er sich nämlich den Laden gemerkt hat. Dir bringt er sicher auch was mit.«

»Einen Fisch«, sagt Anna kleinlaut. »Vielleicht bringt er mir einen Fisch. Den können wir auf dem Feuer braten, und dann erzählt Vater eine Geschichte.«

»Es kann aber auch sein, daß er es vergessen hat. Und dann ist er nochmal zurückgefahren, um mein Kleid zu kaufen«, sagt Babs nachdenklich. Anna sagt nichts.

»Ach, komm«, ruft Babs ungeduldig. »Wir gehen ins Haus. Hier haben wir lange genug gesessen.«

Aber auch im Haus sitzt Anna nur und wartet. Sie kann kaum

etwas essen. Schließlich geht sie wieder nach draußen. Anna stochert im Sand herum. Sie findet ein Stück Treibholz, das aussieht wie ein Schiff.

»Da sitzen Babs und ich drin, und wir schwimmen jetzt Vater entgegen. So ein kleines Schiff kann bis ans Ende der Welt schwimmen, weil es ja nicht untergeht. Und gefressen wird es auch nicht, weil es ja nur Holz ist.« Anna geht ans Ufer und wirft das Schiff ins Wasser. Aber es will nicht fortschwimmen. Immer wieder treibt es zurück ins flache Wasser. Der kleine Fischer kommt vorbei und schaut ihr zu.

»Es hat eben keinen Motor und keine Segel«, sagt er.

Anna nickt. »Es sollte unserm Vater entgegenschwimmen.«

»Und ihm sagen, daß ihr so Sehnsucht nach ihm habt?« fragt der Fischer. Aber Anna hört nicht mehr zu. Hinter den Dünen hat sie ein Auto entdeckt. Groß und laut kommt es angefahren und wirbelt viel Staub auf. Plötzlich hält es an. Anna kann nur das Dach sehen. Sie rennt hin. Aber ehe sie die Dünen erreicht, ist das große Auto schon weitergefahren. Niemand ist ausgestiegen. Müde und traurig setzt sich Anna auf die Dünen. Die Sonne sinkt nun schon dem Meer zu. Bald wird sie untergehen. Und was dann? Was wird sein, wenn es dunkel wird und Vater ist immer noch nicht da? Anna kramt in ihrer Tasche und holt die Perle hervor. Wie beim ersten Mal haucht sie die Perle an und hält sie dann vor ihr Auge: In weiter Ferne sieht sie den Vater in dem kleinen

Fischerboot. Es stürmt, und hohe Wellen platschen immer wieder ins Boot. Der Vater müht sich, das Wasser wieder rauszuschöpfen. Es sieht richtig gefährlich aus. Aber Anna hört den Vater sagen: »Ich weiß, daß du mich lieb hast. Ich spüre es, weil ich dich auch lieb habe. Der Sturm kann mich nicht wegblasen.« Anna steckt die Perle wieder in ihre Tasche. »Ich muß etwas für Vater tun«, denkt sie und steht auf. Hinter ihr ertönt Musik. Eine Fee mit Kofferradio erscheint. Es ist Babs, die sich ein langes Kleid angezogen hat und einen Blumenkranz im Haar trägt.

»Gefall' ich dir, gefall' ich dir?« ruft sie und tanzt wild herum. Erst erschrickt Anna, dann lacht sie, denn beim Näherkommen sieht sie, daß sich Babs mit Leuchtfarben eine Clownsmaske aufs Gesicht gemalt hat.

»Ich leuchte«, ruft Babs. »Komm, laß uns ans Wasser gehen und sehen, ob es leuchtet, wenn ich davor stehe.« Sie rennt zum Wasser.

»Babs, warte doch. Was ist, wenn es dunkel wird und Vater ist noch nicht hier?« sagt Anna. »Wir müssen ein Feuer für ihn machen. Sonst ist es gefährlich für ihn.«

»Unsinn«, ruft Babs und tanzt nun am Strand entlang, selbst eine kleine Feuerhexe. »Ein Feuer braucht man nicht zu machen, weil es noch nicht dunkel ist. Und gefährlich ist es auch nicht, weil er jetzt gleich kommt. Jetzt gleich kommt er, oder überhaupt nicht. Dann kommt er nämlich erst morgen, weil er in der Stadt über-

nachtet, wo er schöne Dinge für uns gekauft hat.«

Babs macht es Spaß, so wild herumzutanzen. Als sie erschöpft ist, geht sie wieder ins Haus. Sie schreibt dem Vater einen Zettel und legt ihn auf sein Bett: »Lieber Vater, weck mich, wenn du angekommen bist. Deine Babs« und legt sich schlafen.

Anna sammelt unterdessen Holz am Strand. Sie ist böse auf Babs, die so sorglos ins Bett geht. »Man muß doch ein Leuchtfeuer für den Vater machen«, sagt sie und schichtet das gesammelte Holz zu einem Haufen. Erst die dünnen Zweige und die Schilfstengel, dann die dicken Scheite. Aber dann weiß sie nicht weiter. Babs, die das Feuer anzünden könnte, ist schlafen gegangen. Aber wie gerufen steht der kleine Freund da, der Fischer, der eben noch sein Boot gestrichen hat. Er zündet Annas Feuer an und rückt das Holz noch zurecht, damit es gut brennt. Anna freut sich.

»Man wird das Feuer von sehr weit sehen können, meinst du nicht?« fragt sie den Fischer. Der nickt.

»Das Feuer wird helfen auf dem Weg übers Meer«, sagt er und geht leise zurück in seine Hütte.

Anna sitzt und wartet. Sie ist müde, aber sie wartet. Sie ist hungrig, aber sie wartet. Von Zeit zu Zeit legt sie Holz nach. Dichter Nebel zieht auf, und es ist stockfinster. »Hoffentlich reicht mein Holz«, denkt Anna ängstlich. Da endlich hört sie einen Motor, und mühsam schiebt sich ein Boot aus dem Nebel des Meeres: der Vater!

Der Vater springt aus dem Boot und umarmt sein Kind. Hinter ihm steigt der Steuermann aus.

»Du hast also das Leuchtfeuer gemacht!« sagt der Vater bewundernd. »Ohne das hätten wir nämlich nicht landen können.« Auch der Steuermann nickt, und Anna, die kleine Anna ist überglücklich.

»Hast du mir einen Fisch mitgebracht?« fragt sie.

»Natürlich«, sagt der Vater und holt einen schönen, großen Butt aus seiner Reisetasche. »Laß jetzt das Feuer runterbrennen, damit wir ihn in der Glut braten können, ja?« Anna nickt und ist glücklich. Der Vater geht zuerst noch ins Haus. Liebevoll legt er das weiße Kleid, das er ihr mitgebracht hat, neben die schlafende Babs. Aber er weckt sie nicht auf.

»Erzählst du mir jetzt noch eine Geschichte?« fragt Anna, nachdem sie beide den Fisch gegessen haben. Der Vater nimmt sie in den Arm und beginnt:

»Es war einmal ein Kaufmann, der hatte zwei Töchter...«

Anmerkungen
zu den »Anderland«-Geschichten

Die in diesem Buch nacherzählten Geschichten der Fernsehreihe »Anderland« des ZDF zeigen, wie Kinder mit Freude, Glück, Trauer und Angst umgehen. Das soll geschehen auf dem Hintergrund ›alter Geschichten‹, die die Erfahrungen von Menschen erzählen, die in vergangenen Zeiten und unter gänzlich anderen Lebensumständen gelebt haben. Dafür haben wir für die vorliegenden Geschichten die Bibel ausgewählt. Unsere Geschichten versuchen einen neuen Zugang zur Bibel, die wir zunächst einmal befragen, was sie uns in einzelnen Texten an Erfahrungen mitteilen möchte. Wir behandeln die Bibel wie eine Schrift, die für viele Menschen von großer und tiefgreifender Bedeutung ist, und deshalb über lange Zeit weitergegeben wurde. Dabei versuchen wir, die vielfältigen theologischen Deutungen zu respektieren.

So haben wir Gleichnisse, Spruchweisheiten, Erzählungen etc. gelesen und uns gefragt, ob es Situationen gibt, die Kinder über diese Texte im Erfahrungsgehalt nachvollziehen können. Es entstanden Geschichten, die wir »Geschichten zur Bibel« nennen, weil sie sich dem Bibeltext annähern. Die Eigenständigkeit der erzählten »Anderland«-Geschichten ist allerdings auch ohne die Vorlage gegeben. Daher ist auch die Nähe zum biblischen Text nicht ohne weiteres zu erkennen, wahrscheinlich nur für die Leser, die mit der Bibel vertraut sind.

Auf den folgenden Seiten geben wir zu den einzelnen Geschichten des Buches einen kurzen erläuternden Text und benennen die Bibelstelle, die als »Belegstelle«, wenn man so will, für ein Gespräch oder Nachfragen hilfreich sein kann.

Der Traum und die Phantasiewelt in den »Anderland«-Geschichten sind der Spielraum, in dem die Kinder ihre jeweilige Situation erleben und ausleben können, um dann — gestärkt — in die Realität zurückzukehren.

Den Anstoß zu diesem Erleben in der Phantasie gibt der »kleine Mann«, der Gnom, wie wir ihn nennen. Er ist durch sein Auftreten in jeder Geschichte den Kindern »Schleusenwärter« zur eigenen Innenwelt, nicht Rezeptgeber, sondern solidarisch mit den Kindern in Freude und Bedrängnis, jemand, der so klein ist wie sie, aber den »Durchblick« eines Erwachsenen hat und diesen nicht gegen die Kinder ausspielt.

Wolfgang Homering

Sebastian und sein Kett-Car

»Als er aber eine kostbare Perle fand, ging er hin und verkaufte alles, was er besaß, und kaufte die Perle.«
Matthäus-Evangelium, Kapitel 13

Die kostbare Perle ist ein Symbol für das Himmelreich, eine Kostbarkeit, für die es sich nach Meinung des Evangelisten lohnt, alles herzugeben. Eine stetige Suche nach dieser Kostbarkeit ist unerläßlich. Auf der Ebene der menschlichen Erfahrungen entspricht dieses Gleichnis etwa der Suche des Menschen nach Werten und Gütern, die dem Leben tiefere Bedeutung verleihen.

Tina und der berühmte Vater

»... und er führte die Strafe nicht aus, die er ihnen angedroht hatte ...«
Buch Jona, Kapitel 3

Die Geschichte vom Propheten Jona ist eine kunstvolle Lehrerzählung, die deutlich macht, daß Gott nachsichtig ist und die für die Bosheit der Bewohner von Ninive angekündigte Strafe nicht ausführt, weil sie die Bosheiten unterlassen. Der Prophet ist über die Güte seines Gottes nicht sehr glücklich, da die Mühe seiner Strafpredigt die Strafe gar nicht nach sich zog.

Hannah in der Fremde

»Ein guter Freund ist eine starke Stütze. Wer einen solchen gefunden hat, hat ein Vermögen gefunden ...«
Jesus Sirach, Kapitel 6

Zur Weisheitsliteratur zählt man dieses Buch der Bibel. Solche Schriften standen im ganzen alten Orient in hohem Ansehen und waren sehr verbreitet. Sie sammeln die Erfahrungen der Menschen und bieten dem Leser an, sein eigenes Leben damit zu konfrontieren, nachzudenken über seine eigenen Erfahrungen. Die Weisheit der Menschen, so sieht es der Verfasser dieser Spruchsammlung, hängt mit der Weisheit Gottes zusammen.

Ich trau' mich nicht nach Hause

»... als er noch weit entfernt war, sah ihn sein Vater ... lief herbei und fiel ihm um den Hals ...«
Lukas-Evangelium, Kapitel 15

Dieser Text gehört zu den bekanntesten Gleichniserzählungen in der Bibel, die Geschichte des Sohnes, der in der Ferne leichtsinnig sehr viel Geld verschleudert und in bedrückender Not beschließt, wieder nach Hause zurückzugehen.
Die Motive des heimkommenden Sohnes und die großmütige Liebe des Vaters, der ihn wieder aufnimmt, dienten oft als Vorlage in Kunst und Literatur.

Wo ist deine Puppe, Julia?

»... sie goß kostbares Salböl über sein Haupt ... Die Jünger ärgerte diese Verschwendung. Er aber sagte: Sie hat ein gutes Werk an mir getan ...«
Matthäus-Evangelium, Kapitel 26

Diese Erzählung leitet die Berichte ein über die Leidensgeschichte und das Sterben Jesu. Die Salbung galt bei den Juden als eine herausragende Tat der Ehrfurcht und Zuneigung. Salböl war sehr kostbar und teuer. Die Frau schenkt es her, ohne aufzurechnen, ohne auf die Jünger zu hören, die diese Handlung eine Verschwendung nennen.

Manuel und die verheimlichte Freundschaft

»... auch Du warst mit ihm bekannt. Er aber leugnete und sagte: ich schwöre, ich kenne diesen Menschen nicht ...«
Markus-Evangelium, Kapitel 14

Der Jünger Petrus streitet ab, Jesus aus Nazareth zu kennen, der zum Tod verurteilt ist. Aus Angst, selber in Bedrängnis zu geraten, verleugnet er einen Menschen, mit dem er Jahre vertraut und in enger Freundschaft gelebt hat.

Die fremde Katze

»Liebe deckt alle Verfehlungen zu.«
Buch der Sprüche, Kapitel 10

Dieser Satz der Bibel ließe sich aus verschiedenen Büchern des Alten und Neuen Testaments zitieren. Er ist eine so zentrale Aussage, daß er immer wieder von den Schriftstellern der Bibel aufgegriffen wurde. Das Buch der Sprüche bietet eine Sammlung solcher Weisheitsreden, die in mehreren Jahrhunderten gesammelt wurden, entstanden aus menschlicher Erfahrung. Diese Erfahrungen wurden in Zusammenhang mit Gott gebracht.

Warten auf den Vater

»... die Törichten nahmen zwar ihre Lampen, aber kein Öl mit sich. Die Klugen dagegen nahmen auch Öl in Gefäßen mit ...«
Matthäus-Evangelium, Kapitel 25

Die Wartenden in diesem Gleichnis sind die Christen, die auf den Messias, den Bräutigam warten. Sie sollen wachsam und bereit sein für das Fest, die Hochzeit, auch wenn seine Ankunft sich verzögert. Das Motiv des Wachens, der Erwartung, der Hoffnung auf die Ankunft Gottes taucht in den Schriften der Bibel immer wieder auf und wird häufig verglichen mit dem gespannten Erwarten eines geliebten Menschen.

Literatur zu »Anderland«

Die hier genannten Veröffentlichungen sind eine Auswahl. Sie geben u.a. den reinen Bibeltext in neueren, für Kinder verständlichen Übersetzungen wieder und sind zum Teil illustriert. Ebenso finden Sie hier erläuternde Sachbücher zur Bibel.

Arenhoevel, Diego: So wurde Bibel. Mit Abb., 3. Aufl., Verl. Kath. Bibelwerk 1974

Beneker, Wilhelm: Gott und sein Volk. Das Alte Testament für Kinder. Mit Abb., v. Jenny Dalenoord. Agentur d. Rauhen Hauses; Echter 1974.

Beneker, Wilhelm: Die Jesus-Geschichte. Mit Abb., Agentur d. Rauhen Hauses; Echter 1972. 124

Bieler, Manfred (Text) u. Joachim Schuster (Bild): Mein kleines Evangelium. 5. Aufl. Herder 1978. 60

Bolliger, Max: Jesus. Mit Abb., beka Verl. Gemeinschaft 1982.

Bruce F.F.: Paulus. Von Tarsus bis Rom. Aus d. Engl., Mit Abb., Brunnen-Verl. 1981.

Die große Entdeckung. Geschichten von Jesus. Nacherz. v. Jürgen Seim. Vandenhoeck & Ruprecht 1980.

Die Bibel im Bild.
Altes Testament
Heft 1: **Der Berg bebt.** Die Israeliten auf dem Weg durch die Wüste.

Heft 2: **Spione in Jericho.** Aus der Wüste in das verheißene Land.

Heft 3: **Die Falle in Gaza.** Israels Helden verteidigen ihre Heimat.

Heft 4: **Später in der Nacht.** Saul, der erste König der Israeliten.

Heft 5: **Verrat und Aufruhr.** Aus der Geschichte des großen Königs David.

Heft 6: **Antwort mit Feuer.** Das Reich wird geteilt / Ein großer Prophet.

Heft 7: **Der Wagen aus Feuer.** Von Propheten und Königen.

Heft 8: **Kapitulation.** Ende und Neuanfang in Juda.

Heft 9: **Die letzte Botschaft.** Warnung und Verheißung: Auftrag der Propheten.

Heft 10: **In die Fremde.** Von Adam bis Abraham.

Heft 11: **Sklave in Ägypten.** Abrahams Nachkommen werden zu einem Volk.

Neues Testament
Heft 12: **Der König kommt.** Jesus Christus — Geburt und erstes Wirken.
Heft 13: **Schuldlos verurteilt.** Jesus Christus — sein Weg ans Kreuz.
Heft 14: **Die Ketten fallen.** Von den Anfängen der Kirche.
Heft 15: **Unterwegs für Gott.**
Die Geschichte des Apostels Paulus.

Deutsche Bibelgesellschaft Stuttgart.

Elementarbibel. Ausgew. u. in einfache Sprache gefaßt v. Anneliese Pokrandt. Mit Abb. v. Reinhard Herrmann. T. 1 — Kaufmann; Kösel 1973.
T. 1: Geschichten von Abraham, Isaak und Jakob. 96 S. geb. 9,80
T. 2: Geschichten von Mose und Josua. 1974. 96 S. geb. 9,80
T. 3: Geschichten von Königen in Israel. 1975. 96 S. geb. 9,80
T. 4: Geschichten von den Anfängen. 1978, 96 S. geb. 14,80
T. 5: Geschichten von Priestern und Propheten. 1981. 96 S. geb. 10,50

Bibelnahe Nacherzählungen der bekanntesten Geschichten aus dem Alten Testament.
Ab 7 J. (Die Reihe wird fortgesetzt).

Fussenegger, Gertrud (Text) u. **Annegret Fuchshuber** (Ill.): Die Arche Noah. Wien. Betz 1982.

Gute Nachricht erklärt. Das Neue Testament in heutigem Deutsch mit Einl. u. Erklärungen. Mit Abb., Dt. Bibelstiftung 1973.

Gott vergißt uns nicht. Hrsg. v. Heribert Krotter. Mit Abb., Pustet 1980.

Hertzsch, Klaus-Peter: Daniel und die Löwen in der Grube. Mit Abb., Radius 1981.

Heyduck-Huth, Hilde: Weihnachten. Ravensburg: O. Maier 1982.

Hoffmann, Friedrich (Text) u. **Eric de Saussure** (Bild): Bilderbibel. 7. Aufl., Kaufmann 1979.

Joudiou, Philippe (Bild) u. **Xavier de Chalendar** (Text): Jesus erzählt: Das Gleichnis vom barmherzigen Samariter. Das Gleichnis vom verlorenen Sohn. Aus d. Franz., Agentur d. Rauhen Hauses; Echter 1980.

Jesus ist bei uns. Aus d. Franz. Mit Abb., Herder 1980.

Jesus und Jerusalem. Bildführer durch eine einzigartige Stadt. Hrsg. v. Dave Foster. Aus d. Engl., Brunnen-Verl. 1980.

Kommt und schaut die Taten Gottes. Die Bibel in Auswahl. Nacherz. v. Dietrich Steinwede. Mit Abb., Vandenhoeck & Ruprecht; Christophorus; Kaufmann 1982.

Krenzer, Rolf (Text) u. Helmut Wondra (Bild): Christusgeschichten. Rehabilitationsverl. 1981.

Land, Sipke van der u. Bert Boumann: Meine Bilderbibel: Aus d. Niederländ. Mit Abb., 2. Aufl., Bahn; Butzon & Bercker 1981.

Lagarde, Claude u. Jacqueline Lagarde: Der wunderbare Fischzug. Aus d. Franz., Mit Abb., Herder 1981.

Lemoine Georges (Ill.): Der verborgene Schatz. Sieben biblische Bildgeschichten. Den franz. Text schrieben: B. Marchon und F. Mourvillier. Deutsche Textbearbeitung: H. Franken und N. Wiederhage. Patmos Verlag 1982.

Lohfink, Gerhard: Jetzt verstehe ich die Bibel. Ein Sachbuch zur Formkritik. Mit Abb., 10. Aufl., Verl. Kath. Bibelwerk 1981.

Joudiou, Philippe (Bild) u. Jean-Louis Ducamp (Text): Vom Anfang der Kirche. Die Apostelgeschichte. Aus d. Franz., Echter 1978.

Maier-F., Emil (Text u. Bild): Jesus wird geboren. Mit e. Erzählhilfe v. Magdalena Spiegel. Verl. Kathol. Bibelwerk 1980.

Maier-F., Emil (Text u. Bild): Jesus macht Zachäus froh. Mit e. Erzählhilfe v. Magdalena Spiegel. Verl. Kathol. Bibelwerk 1980.

Mandeville, Sylvia (Text) u. Richard Deverell (Bild): Jesus begegnen. Aus d. Engl., Brunnen-Verl. 1978.

Mandeville, Sylvia (Text) u. Richard Deverell (Bild): Tage voller Überraschungen. Aus d. Engl., Brunnen-Verl. 1978.

Meyer, Ivo / Spiegel, Josef F.: Wir entdecken die Bibel. Ihre Menschen — ihre Umwelt — ihre Botschaft. Herder Verl. 1982.

Monaca, Isa u. Gianfranco Monaco: Biblische Geschichten für heute. 1.2. Aus d. Ital., Dt. Bearb.: Gabriele Müller. Kösel 1982.

Monaca, Isa u. Gianfranco Monaco: Biblische Geschichten für heute. 3.4. Aus d. Ital., Dt. Bearb.: Gabriele Müller. Kösel 1983.

Northcott, Cecil: Biblisches Lexikon für jung und alt. Deutsche Bearb. v. Willi Erl. Mit Abb., Bahn; Verl. Kath. Bibelwerk 1976.

Patmos-Bibel. AT u. NT. Erz. v. A.-M. Cocagnac u. Hans Hoffmann. Mit Abb., v. Jaques Le Scanff. 3. Aufl., Patmos-Verl. 1978.

Quadflieg, Josef: Das Buch von den zwölf Aposteln. Mit Abb., v. Johannes Grüger. Patmos-Verl. 1957.

Ravensburger Bilderbibel. Das neue Testament. Übers. u. geschrieben v. Josef Weiger. Mit Abb., v. Alice u. Martin Provensen. 14. Aufl., 1979. O. Maier 1957.

Reidel, Marlene (Bild) u. Irene Mieth (Text): Mein erstes Buch von Jesus. Patmos 1981.

Stutschinsky, Abrascha: Die Bibel für Kinder erzählt. Mit Abb., 2 Aufl., Bd. 1—2. Scribia 1978.

Steinwede, Dietrich (Text) u. Fulvio Testa (Bild): Petrus. Kaufmann; Patmos 1982. (Sachbilderbuch zur Bibel)

Schindler, Regine u. Hilde: Hannah an der Krippe. Eine Geschichte. Heyduck-Huth (Ill.). Otto Maier Verlag 1981.

Schulbibel für 10—14jährige. Hrsg. v. d. Dt. Bischofskonferenz. Mit Abb., Butzon & Bercker; Verl. Kath. Bibelwerk; Kösel; Patmos 1979.

Schultz, Helmut (Text) u. David Alexander (Bild): Bildführer zum Alten Testament. Aus d. Engl., 4. Aufl., Brunnen-Verl. 1978.

Schultz, Helmut (Text) u. David Alexander (Bild): Bildführer zum Neuen Testament. Aus d. Engl., 5. Aufl., Brunnen-Verl. 1978.

Unser Leben — Sein Wort. Das Neue Testament mit Fotos von heute. Einheitsübersetzung — Ökumenischer Text. Mit Abb., Verl. Kathol. Bibelwerk; Dt. Bibelstiftung 1980.

Was uns die Bibel erzählt. Lizenzausg. d. Niederländ. Bibelges. Haarlem zusammen mit d. Katholischen Bibelstiftung Boxtel u. d. Stiftung Docete Hilversum. Aus d. Niederl., Mit Abb., Dt. Bibelstiftung.

Weiser, Alfons: Was die Bibel Wunder nennt. Mit Abb., 4. Aufl., Verl. Kath. Bibelwerk 1980.

Winnewisser, Alfred: Von Jesus. Nach dem Sachbilderbuch v. Dietrich Steinwede. Mit Abb., Kaufmann; Patmos 1980.

Wilkoń, Józef: Die Herberge zu Bethlehem. Ein Nord-Süd-Weihnachtsbuch mit Bildern. Mönchaltorf: Nord-Süd 1983.

Zavřel, Štěpán: In Betlehem geboren. Die Weihnachtsgeschichte. Patmos Verlag 1981.

Zink, Jörg: Der Morgen weiß mehr als der Abend. Bibel für Kinder. Ill.: Hans Deninger. Kreuz-Verlag 1981.

Wer hat an »Anderland« mitgearbeitet?

Sendeanstalt:
Zweites Deutsches Fernsehen,
Abteilung Bildung und Erziehung
Leitung: Dr. Ingo Hermann
Redaktion: Dr. Ingo Hermann,
Wolfgang Homering
Beratung: Linde von Keyserlingk

Produktion der Filme:
EIKON-FILM, München
Redaktion: Susanne Nowakowski

Autoren und Regisseure der Filme:
Sebastian und sein Kett-Car:
Dirk Walbrecker (Buch), Jörg Grünler
(Regie)
Tina und der berühmte Vater:
Josef Rölz (Buch), George Moorse (Regie)
Hannah in der Fremde:
Josef Rölz (Buch), Ilse Biberti (Regie)
Ich trau' mich nicht nach Hause:
Michael Fackelmann, Jörg Grünler (Buch),
Jörg Grünler (Regie)
Wo ist deine Puppe, Julia?:
Jörg Grünler (Buch), Jörg Grünler (Regie)
Manuel und die verheimlichte Freundschaft:
Josef Rölz (Buch), George Moorse (Regie)
Die fremde Katze:
Linde von Keyserlingk (Buch), Mieczyslaw
Lewandowski (Regie)
Warten auf den Vater:
Helmut Walbert, Mieczyslaw Lewandowski
(Buch), Mieczyslaw Lewandowski (Regie)

Herausgeber des Buches:
Wolfgang Homering

Konzeption des Buches:
Norbert Golluch, Wolfgang Homering

Die Geschichten
»Sebastian und sein Kett-Car«
»Tina und der berühmte Vater«
»Hannah in der Fremde«
»Ich trau' mich nicht nach Hause«
wurden für das Buch nacherzählt von
Susanne Nowakowski;

die Geschichten
»Wo ist deine Puppe, Julia?«
»Manuel und die verheimlichte Freundschaft«
»Die fremde Katze«
»Warten auf den Vater«
wurden für das Buch nacherzählt von Linde
von Keyserlingk.

Umschlaggestaltung des Buches: Theo Kerp

Herstellung: Ilse Rader